私を追い出すのはいいですけど、この家の薬作ったの全部私ですよ？ 3

登場人物紹介

アレックス
大国アスクラン王国の
第三王子＆薬師で、
凄腕薬師協会
『蛇の集い』の支部長。
通称、薬学王子。
レイフェルの恋人。
レイフェル
元・カラスター
男爵家の長女。
辺境のヘルバ村で薬屋を
始めてから、秘められた薬師
の才能がどんどん開花する。
ある日、怪しいお香の噂
を耳にして――!?

ティア
薬師を目指しているレイフェルの弟子。
ハルバート
アレックスの叔父で、彼の護衛をしている。
ジャーロ公爵
ミシェルの父親で、とても傲慢な性格の持ち主。近頃、不穏な動きを見せている。
サラ
『蛇の集い』に入った新人薬師でレイフェルの大ファン。薬のことになると、周りが見えなくなるほど没頭してしまう。
ミシェル
明るく無邪気なジャーロ公爵の娘。サラを本当の姉のように慕うほど仲良し。

目次

私を追い出すのはいいですけど、この家の薬作ったの全部私ですよ？ 3

はじまりの話　みんなでキャンプ

季節は初夏。私とティアは、お店の窓から差し込む暖かな日差しを浴びながら、のんびりと過ごしていた。

「今日もいい天気だね～」

「そうですね～」

ああ、寝ちゃいそう。大きな欠伸《あくび》が出たけど、お客さんはちょうどいない。

毎日暖かくて、ほーんといい季節だなぁ。なんといっても、この時季は薬草がよく育つ。摘《つ》んでも摘《つ》んでもまたすぐに生《は》えてくるから、薬草は摘《つ》み放題っ！　他にも色んな種類の木の実やキノコが実るから、村の奥さんたちはよく採りに行っているんだよね。

あとで私たちも薬草を摘《つ》みに行こうっと。薬をたくさん作って、在庫を増やしておかなくちゃ。

……なんて計画を立てているときだった。

「レイフェルさんはおるかのぅっ!?」

「「ギャアアアッ!!」」

お店のドアをバーンッと乱暴に開けて、猟銃を構えた村長が入ってきた。

私とティアは悲鳴を上げながら、咄嗟《とっさ》にモップを装備する。

「むっ？　そんなに慌《あわ》てて、どうしたんじゃ」

きょとんと目を丸くする村長。

「どうしたはこっちの台詞《せりふ》ですよ！」

「強盗が来たのかと思ったじゃん！」

「すまんすまん。ちょっと気が立っておったんじゃ」

「何かあったんですか？」

いつも温厚な村長が珍しい。モップを置きながら尋ねると、村長はふんっと大きく鼻を鳴らして、宣言した。

「ワシはのぅ……猟師をやめることにしたぞぃ！」

「えーっ!!」

雨が降ろうが雪が降ろうが、なんだったら嵐の日も出かけるくらい狩猟が大好きなのに!?

「ど、どうしてそんな急に!?」

「そうだよ！　村長から狩猟を取ったら、何も残らないじゃん！」

ティア、それはちょっと失礼だぞ！

「それがのぅ……。いつものように猪《いのしし》とウサギを仕留めたんで、家に持ち帰ったんじゃよ」

ふむふむ。

「そうしたら、孫にウサギの耳を鷲掴みにしているところを見られて、大泣きされてしもうてのぅ。

『おじいちゃんの人でなし』とか、『そんなんだから頭ハゲちゃったんだよ』とグサリとくることを色々言われたんじゃ。まったく、料理したもんは美味い美味いって食っとるくせに……」

頭のことは、ただの悪口なのでは？　だけど、お孫さんの気持ちはちょっと分かる。ウサギ、可愛いもんね……

「しかも、家内にまで狩猟禁止令を出されてしまったんじゃよ」

「なんで？　奥さんは村長が何か狩ってくると喜んでるよね？」

ティアが首をかしげる。

「ここ最近、毎日のように狩ってくるから食べ切れなくて困っとるんじゃと」

「それ、村長が悪いじゃん！」

拗ねた口調の村長に、ティアが即座に指摘する。けれど村長も負けじと言い返す。

「ワシはただみんなに美味しい肉を食べさせたくて、狩猟をやってるだけじゃーいっ！」

分かった分かった。だから猟銃振り回しながら騒がないで。

「……それで、ご家族と大喧嘩して家を飛び出してきちゃったんですね？」

「じゃって、家内が『あなたは、みんなにお肉を食べさせたいんじゃなくて、楽しいから狩猟をしているだけでしょ』って言うから……」

「奥さん、ド正論じゃないですか！」

私がそうツッコむと、村長は気まずそうに視線を逸らした。図星かい。

「だけど、なんでうちの店に来たの？」

「もうこの銃はワシには必要ない。というわけで、レイフェルさん。プレゼントフォーユーじゃ。レイフェルさんなら、これを使いこなしてくれると信じとるぞぃ」

「なんでっ⁉　私、薬師なんですが？」

猟銃を渡されそうになり、私は大きく仰け反った。

「まあ、獣以外を撃つときに、使ってもええんじゃぞ」

「「村長⁉」」

時々怖いことを言うな、この人。

「と、とにかく。私は薬師一本でやっていきますから、こんなの要りません！」

「そうかのぅ？　そんじゃ、ティアはどうじゃ？」

「村長のお古なんて、なんかヤダ！」

ティアは両腕で大きなバツマークを作って拒絶した。そりゃそうだ。すると村長は猟銃を抱えて、お店の隅に座り込んでしまった。

「なんじゃい、なんじゃい。みんなして、老人をバカにしおって……」

ぶつぶつと呟《つぶや》きつつ、たまにこちらをチラッと見てくる。

え？　このまま、うちに居座るの？　私とティアは顔を見合わせた。ティアは呆《あき》れたように溜め息をついて、口を開く。

「放っておいていいんじゃないですか？　そのうちお腹が空《す》いたら帰りますよ」

放し飼いの猫じゃないんだから。それに、村長が猟師をやめるのは困る。非常に困る。

「ティア。村長が獣を狩ってこなくなったら、もうジビエ料理が食べられなくなるよ！　鹿肉のロースト、猪肉《いのししにく》のステーキ、ウサギ肉の煮込み……」

「あああ……！」

耳元でぼそぼそとジビエ料理を呟《つぶや》くと、ティアがガタガタと震え出す。

「このままじゃ、あのご馳走がなくなっちゃうんだよ！　いいの!?」

「よくないです！」

ティアは泣きそうな顔で首を横に振った。

「だったら村長には、死ぬまで猟師を続けてもらわないと！」

「ん〜。お孫さんはともかく、奥さんはお肉が食べ切れなくて怒ってるんですよね。私たちが食べに行けば、解決じゃないですか？」

「どうかなぁ……」

奥さんが「猟師をやめろ」って言うくらいだから、相当余ってるんじゃないかな。流石《さすが》の私たちも全部食べ切れないと思う。死ぬ。

「うーん。お肉を大量に使う方法かぁ……」

「……あっ、閃《ひらめ》いた！」

ティアは掌《てのひら》をポンと叩くと、村長に近づいていった。

「ねぇ、村長。みんなでキャンプパーティーをしようよ」

「キャンプじゃと〜？」

拗ねた様子で、ティアを見上げる村長。

「うん。それでお肉をたくさん使って、バーベキューをするの！　そしたら、あっという間に食べ切れるんじゃない？」

「ほぉ～、バーベキューはええのぅ。野外で焼く肉は格別じゃぞぃ」

青い空。白い雲。

そして網の上で焼かれる、お肉たち。想像したら、お腹が空《す》いてきたな……

「でしょ？　奥さんの悩みを解決して、村長は文句を言われなくなる。お孫さんも、美味しいお肉を食べたら、きっと機嫌を治してくれるって！」

「『おじいちゃん、イケメン！』って言ってくれるかのぅ⁉」

「アー、イウイウ」

コラ、ティア。適当に返事をするんじゃありません。

だけど村長はすっかりやる気になったようで、勢いよく立ち上がった。

「よーし、決めたぞぃ！　村の者たちで、キャンプパーティーじゃあ！　そうと決まれば、鹿をあと二頭くらい狩ってくるかの」

「『コラァ！　肉をこれ以上増やすな！』」

猟銃を構えて、店から出て行こうとする村長を通せんぼする。そのとき、ちょうど店のドアが開いた。

「こんにちは、おふたりと……えっ⁉」

入ってきたのはアルさんだった。村長が私たちに銃口を向けている状況を見て、目を丸くしている。

「やめろ、ジジィ！」

血相を変えたハルバートさんが店内に飛び込んで、村長から素早く猟銃を奪い取る。その隙に、アルさんが私たちを守るように前に立つ。

「おふたりとも、お怪我はありませんか⁉」

「あんた、こいつらの村長なんだろ⁉　なんでこんなことを……！」

ふたりとも村長がご乱心を起こしたと勘違いしてる。

ち、違うんですと私は慌《あわ》てて事情を説明した。するとアルさんとハルバートさんは、はぁ……と深い溜め息をつく。

「なぁ、嬢ちゃん。こんなジィさんが村長で、この村大丈夫なのか？」

「その分、女性陣がしっかりしてますから……」

「まあまあ、ハルバート様。村長さんは……えっと……ご、ご立派な方ですよ」

アルさんが村長を雑に褒める。具体的な褒め言葉が思いつかなかったんだろうな……

「ふぉっふぉっふぉっ。アルさんはいい人じゃのぅ。そうじゃ。アルさんとでかマッチョも、キャンプに来んか？」

「キャンプですか？」

アルさんが目をぱちぱちさせて尋ねる。

「村長の狩ってきたお肉をたくさん食べるために、キャンプパーティーをするんです。ふたりも来てください！」

絶対に楽しいに決まってるもんね！　私は両手を握り締めて、力強い声で言った。

「なぁ、アル。ここは、お言葉に甘えることにしようぜ」

「……そうですね。それでは、よろしくお願いします」

アルさんはうれしそうに微笑みながら、ペコリと頭を下げた。

「やったー！　アルさんたちも一緒だー！」

「あ……でしたら、もうひとり誘っても、よろしいでしょうか？　最近、蛇の集いに入った新人がおりまして、ぜひ皆様に紹介したいのです」

何かを思い出したように、アルさんが村長に尋ねる。

「うむ。アルさんの知り合いなら、構わんぞぃ。……じゃが人数が多くなると、肉が足りなくなるかもしれんのぅ。ほれ、でかマッチョ。さっさと猟銃を返さんか」

村長はハルバートさんにそう言いながら、チョイチョイと人差し指を曲げて催促する。まったく、反省の色を見せていない……

困ったおじいちゃんだなぁと、私たち四人は肩をすくめた。

そしてその日のうちに、回覧板でキャンプのお知らせをしたところ、思ったよりたくさんの人が参加することになった。急な話だったけれど、こんな小さな村だと娯楽も少ないからね。とっても楽しみ。

二日後。

「ふぁぁぁ。ねっむ……」

大きな欠伸《あくび》をしながら、ベッドから起き上がった。昨日は気分が高揚しちゃって、なかなか寝つけなかったんだよね。早く朝ごはんを食べなきゃ……

「……ん？」

何やらいいにおいがして、お腹がぐぅ～と鳴った。そういえば、今朝はティアがごはんを作りに来てくれるんだっけ。においに誘われるように、ふらふらとキッチンへ向かう。

「おお。おはよう、嬢ちゃん」

ピンク色のエプロンを着けたマッチョが、フライパンで何かを焼いている。

あれ……ティア、ずいぶんとガタイがよくなったな。なんか別人みたいだ……と寝起きの頭でぼんやり考えていると。

「お、おはようございます、レイフェル様」

リビングのテーブルを拭く私の恋人が、おずおずと朝の挨拶《あいさつ》をしてきた。

「あ……おはようございます、アルさん。……ぎゃあぁぁぁっ!!」

瞬間、凄まじい悲鳴を上げながら、私は寝室に逃げ込んだ。

み、見られたっ！　髪はボサボサ、口の脇にはヨダレの跡がついている。寝起きのだらしない姿をアルさんに見られてしまったーっ！　というか、ここ私の家だよね？　なんであの人たちが朝ご

はんの準備をしてるの⁉

「レイフェル様、大丈夫ですかっ⁉」

混乱していると、ドア越しにアルさんが心配そうに声をかけてきた。

「す、すみません、アルさん！　見苦しい姿をお見せしましまして……」

「僕としては、図らずとも無防備なレイフェル様が見られて、すっごくうれし……い、いえ！　こちらこそ、無断で家の中に入ってしまい、大変失礼しました！」

ものすごい早口すぎて、アルさんが何を言っているのかよく分からなかった。だけど幻滅はされていない模様。

急いで身支度をしてドアを開けると、アルさんは廊下で膝を折り畳んで座っていた。そして床に額をこすりつけんばかりに頭を深く下げる。

「本当に申し訳ありませんでした……っ！」

「そんな、謝らないでください！　おはようございます、アルさん！」

私がそう笑いかけると、アルさんは顔を跳ね上げて、ほっとしたように息をついた。

そんなわけで、アルさんと再びキッチンへ向かうと、ハルバートさんが二枚の皿に目玉焼きとベーコンを盛りつけていた。それが終わると今度はレタスをちぎり始める。サラダでも作るのかな。

「ア、アルさん……なんかハルバートさん、手際めっちゃよくありません？」

無駄のない動きに私が首をかしげていると、アルさんは衝撃の事実を語る。

「ハルバート様は、調理師免許を取得しておられます」

「えっ、マジですか⁉」

化粧品の開発に携《たずさ》わっているのといい、女子力高っ！　私が驚愕していると、ハルバートさんはトマトを切りながら話す。

「アルは薬草採取で野営することが多いからな。そういうときでも、美味いもんを食わせてやりたいんだ」

お母さんじゃん……ホロリ。

「ところで、どうしてうちにいるんですか？」

「そ、それがですね……本日同行する新人が、ぜひレイフェル様の薬屋に行きたいということで、こちらへやってきたのです」

少し気まずそうに、指で頬《ほほ》を掻きながら説明するアルさん。

「けど嬢ちゃんはまだ寝てるし、弟子っこも店に来たばっかりだったんだ。そしたら『薬師さんのことは私に任せて、ハルバートさんは私たちの朝ごはんを作っててください』って頼まれたんだよ。そんで弟子っこが店の中を案内しに行ったぜ」

「なんですとっ⁉」

ティアってば、ハルバートさんが王妃様の弟だって忘れてるのでは⁉

「せっかくだから、もう一品作りてぇな」

ハルバートママはニンジンを手に取りながら、店のほうを指差した。ほ、本人もノリノリだから、まあいっか……よし、ちょっと様子を見に行ってみよう。

そっと店内の様子を窺《うかが》う。

「わあっ、すごい！　化粧品もたくさん種類があるのですね……！　この薬は、どのような効果があるのですか？」

長い金髪を後ろで緩めに束ねて、几帳面に切り揃《そろ》えられた前髪から、まん丸の眼鏡を覗かせた真《ま》面目《じめ》そうな女の子が見える。私やティアと同じくらいの歳かな。

「胃腸薬ですね～。効き目はもちろん、胃への負担があまりないようにしています」

「で、では、これはっ⁉」

眼鏡のテンプルをクイクイと動かしながら、薬の効能をティアに尋ねている。その熱心な姿に、アルさんが初めてうちの店に来たときを思い出す。あんな風に薬を調べてたなぁ……

「ん？」

店内の隅っこには、もうひとり見知らぬ客がいた。茶髪の女の子だ。まだ十三、四歳くらいかな。不思議そうに瞬きを繰り返しながら、店の中をキョロキョロ見回している。

「あ、おはようございます、レイフェルさん！」

私に気づいたティアが挨拶《あいさつ》をする。

「おはよう、ティア。えっと、こちらの方が……」

「初めまして、私はサラと申します。本日はアレックス様からのお誘いで、キャンプに参加いたします。よろしくお願いします」

私がチラリと視線を向けると、金髪の女の子は深々とお辞儀をした。そして顔を上げ少しずれた眼鏡をかけ直す。

「初めまして、サラさん。私は……」

「レイフェル様ですよね？　噂はお聞きしていますよ。なんでも薬神様《やくがみさま》の創造の加護を授かった、天才薬師だとか！」

サラさんがぐいぐい顔を近づけてくる。ひぃぃ、鼻息が荒い。

「ストップストーップ。レイフェルさんが怯えちゃってますから」

見兼ねたティアが、私からサラさんを引き剥がす。

「と、ところであの子も、蛇の集いの薬師さんですか……？」

ティアの後ろにササッと隠れながら尋ねると、サラさんはハッと目を大きく見開く。

「ミ、ミシェル様のことをすっかり忘れていました……。も、申し訳ありません、ミシェル様。つい薬のことに夢中になってしまいました……」

サラさんは慌《あわ》ててその子へ駆け寄ると、深く頭を下げた。

「ううん、私もお店の中を見てて楽しかったよ！　初めて来たけど、薬屋さんってお薬以外もたくさん売っているんだね。化粧品とかお菓子も売ってるー！」

キラキラと目を輝かせるミシェルさん。薬屋にやってきて、こんなに感動しているお客さんは滅多にいない。めっちゃうれしいな……

「紹介します。こちらの方は、私の友人のミシェル様です。ジャーロ公爵家のご令嬢で、以前私はミシェル様の家庭教師を務めていたのです」

「初めまして、薬師様。ミシェルです！　キャンプがしてみたくて、サラについてきました。今日はよろしくお願いします！」

サラさんの言葉に合わせて、ミシェルさんがペコリとお辞儀をした。

はきはきとした口調で話すミシェルさんは礼儀正しくて、いい子そうだ。

「こちらこそ、よろしくお願――」

ぐぎゅるるる……

私のお腹が、空気を読まずに大きく鳴った。

「あ、あの……ごめんなさい……」

「えっ。急にどうしたんですか、レイフェルさん。音なんて何も聞こえてないですよ」

「は、はい。私たち、何のことか分かりません」

私にめちゃめちゃ気を遣って、気づかない振りをするティアとミシェルさん。

「ふむふむ。レイフェル様もお腹が空《す》くのですね……」

そんな中、サラさんは何やら感心した様子で呟《つぶや》くと、急いでノートとペンを取り出した。やめて……っ、私に追い打ちをかけないで……っ！

「嬢ちゃん、弟子っこ。朝飯できたぜー」

変な汗をかいていると、ハルバートさんが私たちを呼びにやってきた。

「やったー！　もう私、お腹ペコペコですよ！」

ティアがパタパタとリビングへ戻っていく。私も逃げるように、そのあとを追う。

「わりぃ。張り切って作りすぎちまったな」

テーブルには、既に料理が並べられていた。お、美味しそう～！

私とティアは向かい合って座り朝食を早速いただくことに。

本人の言う通り、朝食にしては少し量が多いかもしれないけど、どれも美味しくてペロッと平らげちゃった。

特に美味しかったのが、ニンジンのラペ。ふんわりしたニンジンの食感と、ドレッシングの爽《さわ》やかな酸味が私のハートを鷲掴みにした。

「肉は昼間にたらふく食うからな。だから、今のうちに野菜をいっぱい食っとけ」

その心遣いもありがたい。

「ふえぇ、ハルバートママのごはんが毎日食べたいよぉ……」

「なんでパパじゃなくて、ママなんだよ！」

ハルバートさんは、ティアの呟《つぶや》きにすかさずツッコミを入れる。

「ブフォッ」

その様子を見てアルさんがコーヒーを噴き出す。……さ、さて、お腹も膨れたことだし、荷物を持って森へいざ出発！

「おーい、こっちじゃぞーぃ」

森の入口では、既に村長ファミリーが待機していた。

「おはようございます、村ちょ……ハッ！」

私はあるものに気がついて、息を呑んだ。

「ん？　どうしたんじゃ、レイフェルさん」

「なんでリュックじゃなくて、猟銃を背負ってるんですか？」

「ワシ、猟銃より重いもんは持てないんじゃよ〜」

嘘つけ。狩った獲物をいつも自分で持ち帰ってくるのを知ってるんだぞ！

「ごめんなさいねぇ。この人、どうしても持って行くんだって聞かなくて」

村長の奥さんが頬《ほほ》に手を添えながら、ふぅと溜め息をつく。

「まあまあ。今日はあくまで、護身のために持ってきただけじゃから」

「本当ですか〜？」

これまでの言動のせいで、つい疑いの目を向けてしまう。

「……まあ、ウサギを見たら反射的に構えてしまうかもしれんがのぅ。そのときは許してくれんか？」

そう言って、撃つジェスチャーをする村長。この人に好き勝手させたら、森から動物が消えそうだな。

「おじいちゃん……」

そんな祖父に対して、お孫さんが冷たい眼差《まなざ》しを向ける。

「ハッ。い、今のは冗談じゃよ」

「もう！　撃つなら、ウサギじゃなくて熊にしてよ！」

あ、熊ならいいんだ……。

「おはようございます～」

「村長たち、もう来てたのか。早いなぁ」

キャンプに参加する他の村人も集まったので、みんなで青々と生い茂った森の中に入って行く。

いつも薬草を摘《つ》みに来ているけれど、こうしてキャンプに来たのは初めてだ。今日は薬師であることを忘れて、のんびりまったり過ごそう。

「あ、レイフェル様！　あれ、コロネット草じゃないですか？」

サラさんが突然立ち止まって、私の肩を叩いてきた。

「へっ？　ど、どこですかっ⁉」

「ほら、あそこです！」

サラさんが少し離れたところを指差すと、一際目立った薬草が風に揺れていた。丸い形をした葉っぱが特徴的で、縁がギザギザしている。

あ、あれは……まさしくコロネット草っ！　普段なかなか見つけることのできないレア薬草じゃないですか！

「ゲーッツ！」

私は一目散に駆け寄って、コロネット草を摘《つ》み取る。

「教えてくださってありがとうございます、サラさーん！」

「いえいえ。レイフェル様のお役に立てて、何よりです」

いやぁ。すごいよ、サラさん。遠目で見て、すぐにコロネット草だと気づくなんて、知識が半端ないのでは？

「私、小さなころから薬草学を学んでいて、薬草を見分けることが得意なのです！」

サラさんは自分の目を指差しながら、少し自慢げに語った。勉強家だと感心していると、ティアがサラさんの肩を指でトントンと叩いた。

「サラさん、サラさん」

そう声をかけながら、後ろを指差す。

「ハァー……ハァー……」

そこには、汗だくになりながらフラフラと歩くミシェルさんの姿が。

「ミ、ミシェル様ーっ!?」

「だ、だいじょぶ……グフッ」

全然大丈夫じゃなさそう。うーむ。まだ一時間くらいしか経ってないんだけど、ご令嬢に荷物を背負いながらの森歩きは過酷だったかな……

「あ、あわわ。薬草に夢中で、またミシェル様のことを忘れてしまいました……」

サラさんはしょんぼりと肩を落としている。ひとつの物事に夢中になると、周りが見えなくなるタイプかな？

「ちびっこ、荷物なら俺が持ってやるぜ？」

見兼ねたハルバートさんが、ミシェルさんへ手を差し伸べる。

「い、いえっ！　自分で持ちますっ！　息も苦しいし、足も痛くなってきたけど……なんだか、すっごく楽しいんです！」

額の汗をハンカチで拭いながら、晴れやかに笑うミシェルさん。サラさんはそんな姿を見て、人差し指をピンと立てながら念を押した。

「あまり無理はなさらないでくださいね、ミシェル様！」

「分かってる、分かってるー！　……ゲホゲホッ」

「もう……」

適当に返事をするミシェルさんに、サラさんは小さく溜め息をついたのだった。


さらに歩き続けること数十分。

ようやく私たちは本日のキャンプ地に到着した。近くには緩やかな川があって、釣りも楽しめるんだって。村長を始めとする男性陣が早くも釣竿を用意している。

「テントを張るのが先でしょ！　釣りはそれからにしなさい！」

村長の奥さんが、彼らを一喝。怒られた釣りバカたちは、しょんぼりとしながらテントを張り始めた。今日は夕方になったら村に帰る予定だけど、せっかくだからテントを設営してみよう！　ということになったのだ。その中に入って、休憩もできるしね。

私とティアも、アルさんにレクチャーしてもらいながら作業を進めていく。

「このポールは、こっちに通してください」

「こ、こんな感じですか？」

「そうそう。上手ですよ、レイフェル様！」

テントを張り終えたら、最後に固定するためのペグを打ちつけて……設置完了！

「お邪魔しまーす！」

「あ、レイフェルさん。私もー！」

早速ティアとふたりでテントの中へ入る。思っていたより広いかも。私とティアが寝そべっても、まだスペースがある。

「雰囲気いいね～。あとでお菓子を食べながら、まったりしてよっか」

「いいですね～！」

「いえ、よくありません！　食べ物はテントから離した場所に置いてください。中に持ち込むなんて絶対ダメです」

ティアとふたりで盛り上がっていると、アルさんが指でバツのマークを作った。

「え？　なんでですか？」

「熊が食べ物のにおいにつられて、テントに襲いかかってくるからです！」

私とティアはヒィッ竦み上がった。森の熊さん怖い！

「安心せぃ、レイフェルさん。熊が出てきても、ワシが仕留めてやるからのぅ」

「村長もしかして、私たちを囮《おとり》にして熊を狩ろうとしてません!?」

熊よりも、このおじいちゃんのほうが怖いな。

……さて、全てのテントを張り終えたので、料理の道具と材料を持って川辺へ向かう。

「女の子たちはバーベキューの準備に取りかかってちょうだい！」

気がつくと村長の奥さんがこの場を取り仕切っていた。

「のぅ、ワシら男衆は何をしたらええんじゃ？」

村長が自分を指差して尋ねる。

「あー……そうね。あんたたちは、釣りに行ってきていいわよ」

それは遠回しの戦力外通知だった。

「なんじゃい、ワシらだって料理の手伝いくらいできるぞぃ！」

「そうだ、そうだ！」

「男の料理を見せてやらぁ！」

抗議する男性陣。しかし、奥さんがひと睨《にら》みすると、全員押し黙ってしまった。

「あのねぇ……野菜の皮剥きもろくにできないくせに、何言ってるのよ。包丁の使い方だって危ないんだから、見てるこっちがハラハラするわ」

そんな中、ティアが一名の背中をぐいぐい押している。

「奥さーん。この人、調理師免許持ってるよ！」

「お、おい。やめろって」

口ではそう言いつつ、ハルバートさんはあまり嫌がってそうに見えない。奥さんが目を輝かせて、ハルバートさんの腕を掴んだ。

「あら、ホント!?　それならあなたは、私たちのお手伝いね！」

「い、いやー。俺は釣りに行こうと思ってたんだが……おい。どうするよ、アル」

満更ではない様子でハルバートさんがチラリと横を見る。そこには、村人から借りた釣竿を装備したアルさんがいた。

「では僕は、村長さんたちと釣りに行ってきますね」

「えっ。アル、俺を置いて行くの？」

「釣りをするのは初めてなので、ちょっと緊張しますね。それでは、行ってきます！」

「おい、コラ！」

アルさんがハルバートさんに背を向けて、男衆の群れへ駆けて行く。

「ほら、ハルバートちゃんはこっちよ！」

そして奥さんに連行されるハルバートさん。

そ、そんなわけで、まずは材料を食べやすい大きさに切っていく。鹿肉、猪肉《いのししにく》、ウサギ肉とたくさんある。村長ったら、どれだけ狩ってきたんだか。おっと、お肉だけじゃなくて野菜もしっかり食べよう。ニンジン、玉ねぎ、ナス、キャベツ……

「キャーッ、目が！　目がいたーい！」

「ミシェル様、目を開けてください！　目を瞑ったまま包丁を握らないで！」

ミシェルさんは玉ねぎと死闘を繰り広げていた。サラさんがついてるから大丈夫だよ……ね？

なんとか材料を全部切り終わったら、いよいよ火の準備！

「よし、ここは俺に任しておけ」

ハルバートさんが辺りから小枝を集めてきて、網焼き器に手早く火を点ける。

「やるじゃない、ハルバートちゃん」

「ハルちゃんがいてくれて、助かったわ～」

「い、いやぁ。このぐらい、大《たい》したことじゃねぇよ」

奥さんたちにチヤホヤされて、ハルバートさんの口元が緩んじゃってる。そのとき、釣りバカたちが帰還した。

「ただいま帰りました！」

アルさんが満面の笑みを浮かべながら、手にしていたバケツを私に見せる。その中では、小魚たちがぐるぐると泳ぎ回っていた。一匹、二匹……十匹っ!?

「アルさん、めちゃめちゃ大漁じゃないですか！」

「はい、大漁です！」

アルさんはうれしそうに報告する。その笑顔が可愛くて、思わず頭を撫《な》で撫《な》でしてしまう。

「こ、これがビギナーズラックというやつかのぅ……」

「それに比べて、俺たちは……うぅっ」

ニッコニコのアルさんとは対照的に村長たちの表情は暗かった。みんな、二、三匹しか釣れなかったんだって。中にはボウズで終わってしまった人も。ドンマイ……

アルさんたちが釣ってきた魚は、下処理をしてから串に刺して塩焼きに。

いよいよ、バーベキュー開始！

まずは、お肉をジャンジャン焼いていく。いい焼き色がついたら、果物で作った特製のソースをかけて……いただきます！

「お、おいひぃーっ！」

噛めば噛むほど溢《あふ》れるお肉の旨みに、甘酸っぱいソースがよく合う。いや～、たまりませんなぁ！

サラさんとミシェルさんをチラリと見ると、ふたりとも幸せそうにお肉を頬張《ほおば》っていた。

「えへへっ。私、こんなに美味しくて楽しいごはんは初めてです。みんなで一緒に食べるっていいですね！」

串焼き片手に、ミシェルさんがうれしそうに言う。

「……ご両親とは食べないの？」

「んーん。ないです」

村長の奥さんが尋ねると、ミシェルさんは首をフルフルと横に振った。

「だから……今日はキャンプに来て、本当によかったです！」

そう言って微笑むミシェルさんの横顔を、サラさんは静かに見つめていた。

空が鮮やかな赤紫色に染まり始めたころ、サラさんとミシェルさんは一足先に帰ることになった。

「えー！　もう帰っちゃうんですか？」

ティアが残念そうな口調で尋ねる。

「ごめんなさい、ティアさん。でも、あんまり遅くならないようにって、屋敷のみんなに言われてるから……」

ミシェルさんは俯《うつむ》きながら、深い溜め息をついた。唇を尖らせながら、つま先で地面を蹴っている。本当はまだ、帰りたくないんだろうなぁ。

「えっと……みなさん、今日は本当にありがとうございました。……また遊びに来てもいいですか？」

「もちろんじゃ。楽しみに待っとるぞぃ」

ミシェルさんが顔を上げておずおずと尋ねると、村長は大きく頷《うなず》いた。その答えを聞いて、ミシェルさんとサラさんはうれしそうに笑い合う。

「それでは、そろそろ失礼しますね」

サラさんが最後に挨拶《あいさつ》して立ち去る。

「あっ、ちょっと待った！」

ティアがふたりを呼び止める。そしてリュックから何やら紙袋を取り出すと、それをサラさんに差し出した。

「これ、私が作ったマフィンです。よかったら、食べてください！」

「えっ、いいんですか？」

サラさんは紙袋を受け取ると、うれしそうに顔を輝かせた。

「こんなにたくさん……ありがとうございます。あとでミシェル様といただきますね！」

「ふっふっふ。ティアの作るマフィンはどれも美味しいけど、私のイチオシはオレンジ味です。刻んだオレンジピールが入ってるから、ちょっとほろ苦くて、とっても美味しいんですよ！」

私は後ろからティアの両肩に手を置き、誇らしげにそう語る。すると、サラさんは私たちをまじまじと見て小さく笑う。

「ふふっ。レイフェル様とティア様って、なんだか姉妹みたいですね」

「ありがとうございます。よく言われるんですよ」

まあ私の実の妹は、今ごろ炭鉱で汗水を垂らしながら働いていると思いますが……

「だけどサラさんとミシェルさんも、頑張り屋の妹と、それを見守るしっかり者のお姉さんって感じがしますよねー」

ティアの言葉に、私はふたりを見比べながらコクコクと頷《うなず》いた。髪も瞳の色も違うのに、ふたりが一緒にいるところを見ていると、違和感がないっていうか、雰囲気が似てるっていうか。

「ほんとですか？　使用人のみんなにも、よく言われるんです。ね、サラ！」

「あ、はい。でも……なんか恐れ多くて……」

両手を合わせてうれしそうに話すミシェルさんに、サラさんは頬《ほほ》を掻きながら笑っている。うん、この感じが姉妹っぽい。

「では今度こそ、失礼いたします」

サラさんとミシェルさんは森の出口に向かって歩き始める。

「みなさん、さよーならー！」

何度も振り返って手を振るミシェルさんとサラさんに、私たちも大きく振り返したのだった。

第二話　ジャーロ公爵家

屋敷に着いたころには辺りは真っ暗になっていて、空には星が輝いていた。

サラが玄関の扉を叩くと、メイドたちがいそいそと出てきてお辞儀をした。そしてサラの隣にいるミシェルを見て、ほっと安堵《あんど》の息をつく。

「ミシェル様！　日が暮れる前には帰ってくるとおっしゃっていたではありませんか！　もう夜ですよ！」

メイド長が目を吊り上げて咎《とが》めると、ミシェルはびくっと肩を跳ね上げた。そんな彼女に代わりサラが頭を下げる。

「帰りが遅くなってしまい申し訳ありませんでした」

「サラ様……」

「サ、サラを怒らないで！　サラはもっと早い時間に帰ろうって言ってたのに、私がまだ帰りたくないって我儘《わがまま》言ったせいで遅くなっちゃったの！」

必死な様子でサラを庇おうとするミシェルを見て、メイド長はわずかに表情を緩めた。

「仕方ありませんね……。サラ様に免じて、今回だけは大目に見てあげます」

「ほんと？　ありがとう！」

ミシェルがぱぁっと表情を明るくさせると、メイド長の目が鋭い光を放つ。

「今回、だ、け、ですからね！」

「は、はーい！」

ミシェルは逃げるように屋敷の中へ駆け込む。と思ったら、すぐに戻ってきてサラに声をかける。

「今日のキャンプ、すっごく楽しかったね！　また行こうね！」

「はい、私も楽しかったです。またお誘いしますね、ミシェル様。今日はゆっくり休んでください」

ミシェルは頷《うなず》くと上機嫌に鼻歌を歌いながら、自分の部屋へ向かう。広間を通りかかると、小太りの男がソファーにもたれながら、数枚の書類を読んでいた。

「お父様、ただいま帰りました！」

ミシェルは男へ駆け寄って、声を弾ませながら報告する。

「ん？　ああ……ミシェルか」

男はミシェルを一瞥《いちべつ》すると、すぐに書類に視線を戻してしまう。素っ気ない反応に、ミシェルは少し迷ってから再び話しかけた。

「あの、今日はサラ様と一緒にキャンプに行ってきました！　森の中をたくさん歩いたり、みんなで作ったごはんを食べたりして……」

「そんなくだらん話を聞かせようとするな。仕事中なのが見て分からんのか？」

冷ややかな声が娘の言葉を遮る。

「……ごめんなさい、お父様」

ミシェルが一言謝ってその場から立ち去ろうとすると、ひとりのメイドが広間に入ってきた。

「ご主人様、商人の方がお見えになりました。応接間でお待ちいただいております」

「分かった。すぐに向かおう」

男は返事をすると、ソファーから立ち上がった。その際、ミシェルを見て訝《いぶか》しげに眉を顰《ひそ》める。

「なんだ、まだいたのか」

ミシェルは一瞬目を見開くと、無言で頭を下げて広間をあとにした。

とぼとぼと、ひとりで長い廊下を歩いていたが、ある部屋の前でふと足を止める。ドアをノックしようとすると、通りかかったメイドに話しかけられた。

「ミシェル様。奥様はただいま外出されております」

「何時ごろに帰ってくる？」

「申し訳ございません。何も伺っておらず私には分かりかねます」

「そっか。教えてくれてありがと」

表情を曇らせるメイドに、ミシェルは笑顔で返した。お母様はまた若い男の下へ出かけてしまったのだろう。

……こんなの、いつものことだよね。自分にそう言い聞かせながら部屋に戻り、閉め切っていたカーテンを開ける。

「あ」

窓の外には、大好きなサラがいた。屋敷をじっと見上げるサラに、バイバイと小さく手を振る。

すると向こうもこちらに気づいて、優しく微笑みながら手を振り返した。

たったそれだけのことだけれど、ミシェルの冷たくなっていた心はほんのりと温かくなった。

第三話　不思議なお香

みんなでキャンプをしてから一週間後。

今日はお店の定休日で、私とティアは港町を訪れていた。美味しいものをたくさん食べて、お買い物をしようと思います！

「レイフェルさん、まずはお昼食べに行きませんか⁉　最近オープンしたリゾット屋がすんごい美味しいって評判みたいなんですよ」

ティアがお腹をグーグー鳴らしながら、興奮気味に提案する。朝ごはんを抜いてきたらしく、めちゃめちゃ飢えているご様子。食べすぎて胃を痛めないように気をつけてね……

ちょうどお昼の時間だし、まずはそのリゾット屋さんに行ってみることに。

ずらりと屋台が立ち並ぶ通りは大勢の人で賑わっていて、美味しそうなにおいがあちらこちらから漂ってくる。

ぐっ……まずい。においに引き寄せられてしまいそう。ティアがリゾット屋に行きたいって言ってるのに、私ったら……

誘惑を断ち切るように首を横に振っていると、ティアが急に立ち止まる。

「レイフェルさん、ちょっと相談なんですけど……やっぱお昼、屋台で何か買いません？」

真剣な顔で網焼きの屋台を指差す。網の上では、お肉がじゅうじゅうと音を立てて焼かれている。

「ちょっ、ティア？　リ、リゾットはどうすんの？」

「だって、ほら……お米より、お肉を食べてお腹いっぱいになりたいじゃないですか」

……ティアがそう言うのなら仕方ないよね、うん！　私たちは軽やかな足取りで、網焼きの屋台に向かおうとしたときだった。

「何言ってやがんだ、クソババァ！」

突如《とつじょ》響き渡る男性の怒声。何事⁉　と周りをキョロキョロと見回すと、前方に人だかりができている。何かあったのかな。ティアと目配せし合って、様子を見に行く。

「いいから、とっとと料金を払いな、この若造が！」

「んだとぉ⁉」

紫色のとんがり帽子を被ったおばあさんが、太っちょのお兄さんと何やら言い争いをしていた。おばあさんの前には小さなテーブルがあって、透明な水晶玉と『占いやってます』の立て札が載ってる。うっ、怪しさ満点……！

「占い師っていうより、邪悪な魔女……モガッ」

私は慌《あわ》てて弟子の口を手で塞いだ。おばあさんに聞かれたら、呪い殺されるかもしれない。

「大体、俺はただ店の前を通りかかっただけで、占ってくれなんて一言も言ってねぇだろ！　なのに勝手に占っといて、料金よこせって意味分かんねぇ！」

太っちょお兄さんが、おばあさんをビシッと指差して抗議する。

あれ？　占いの結果が気に入らないから払わねぇってことじゃなくて？　これはおばあさんが悪いのではと、お兄さんに同情の眼差《まなざ》しが集まる中、おばあさんも負けじと反論する。

「そんなこと言ったって、あんたの運勢が見えちまったんだから仕方ないだろ！」

そんな無茶苦茶な！

「うるせぇ、ボケババァ！」

あ、ほら。太っちょお兄さんをますます怒らせちゃった。

「あんだってぇ!?　もっかい言ってみな、デブ！」

おばあさんもおばあさんで、水晶玉をお兄さんへ投げつけようとする。

「やめろ、ばあさん！　しゃーないから、兄ちゃんも払ってやれよ。たったの十イェーンだろ？」

暴力沙汰に発展しそうになり、流石《さすが》に隣の屋台の店主が仲裁に入った。十イェーンって、クッキー一枚くらいの値段じゃん！

「けっ、こんな胡散くせぇババァに金なんて払うかよ！」

太っちょお兄さんはテーブルの脚をガツンッと蹴ると、捨て台詞を残して歩き出す。

「あっ、待ちな若造！　いいかい、とにかく落とし物には注意するんだよ！」

おばあさんがそう忠告しても振り向きもせず、無視してどこかへ行ってしまった。……な、なんかすごいものを見ちゃったな。

「レイフェルさん。あのおばあさんに絡まれる前に、私たちも早く行きましょう」

「うん！」

ティアが私の耳元で囁くので、私はコクンと頷《うなず》いた。変な人には関わっちゃいけません。しかし、そのとき。

「ん？　そのおさげ娘、ちょいと待った！」

おばあさんが私を見ながら手招きしてる。次のターゲットは私かい！

「は、走って逃げるよ、ティア！」

「はい！」

「あっ、こら！　逃げんじゃないよ！」

おばあさんが後ろでなんか叫んでいるのが聞こえるけれど、構わず猛ダッシュ。通りから離れたところで立ち止まった。

「ハァ、ハァ……ここまで来れば、大丈夫だよね……？」

胸に手を当てると、心臓がバクバク言ってる。あの通りにはもう戻れないし、網焼きは諦めるしかない。トホホ……

「あれ？　あの男の人、さっきの占いおばあさんにカモられそうになってた人じゃないですか？」

私ががっくり肩を落としていると、ティアが前方を指差した。

あ、ほんとだ。さっきの太っちょお兄さんが何かを確かめるように、キョロキョロと地面を見回している。

ははーん。さては、おばあさんが言っていたことを気にしてるな？　だったら、お金を払ってあげればよかったのに。すんごい安いんだし。

「野郎ども！　もう少しで休憩だから、それまで気ィ抜くんじゃねぇぞ！」

「「「押忍ッ!!」」」

突如《とつじょ》青空に響き渡る、気合いの入った野太い返事。大工たちが新しい家を建てているところだった。

二階建ての一軒家かな。あんなに高くて足場も悪いのによくのぼれるよなぁ。やっぱり大工さんってすごいと仕事ぶりに感心していると、太っちょお兄さんがこちらに向かって、とぼとぼと歩いてくる。そして、お兄さんがその家の前を通りかかったとき、事件が起きた。

「あ、やべっ！」

声がしたほうを見ると、木材が急降下している。その真下には太っちょお兄さん。しかも本人は全然気づいてない。ダメだ、声をかけても多分間に合わない！

「レイフェルさん!?」

突然走り出した私に、ティアがぎょっとする。

「どすこーーいッッ!!」

私は太っちょお兄さんに思い切りタックルをした。

「うぉぉぉっ!?」

突然の奇襲を受けたお兄さんは、大きく吹っ飛んで地面に倒れ込む。私はクッションのようなお兄さんのマシュマロボディに倒れてなんとか助かった。そして背後では、バキャッと嫌な音がする。

恐る恐る振り返ると、石畳に落下して割れた木材があった。その周りには木のクズが散らばっている。

「「ヒィィィッ！」」

あんなもん、頭に直撃していたらどうなっていたことか。私と太っちょお兄さんは、恐怖でガタガタと震えた。

「バカヤロー！　何やってんだ、お前ぇ！」

「す、すいやせんでしたぁっ！」

「まったく……おう、あんたたち、大丈夫か⁉」

大工を叱りつけたあと、親方が足場から下りて私たちに声をかける。な、なんとか無事です。

太っちょお兄さんも、私にペコッと頭を下げて歩き出した。

「す、すごい……本当に当たった……あの変なおばあさん、きっと本物の占い師ですよ」

ティアがぼそりと呟《つぶや》く。

「どうしたの、ティア？」

「あのおばあさん、本物の占い師ですよ！」

「え……ど、どゆこと？」

「だってほら！　さっきの太っちょに、落とし物に注意って言ってましたよね！」

そ、そういえば！　私たちが思っていたのと意味合いは違うけど、適当に言ってたわけじゃなかったんだ……！

「おばあさんのところに戻ってみましょうよ！　レイフェルさんに何か言おうとしてたじゃないで

すか！」

「え～⁉　怖いからやだよ！」

あんた死ぬよ、とかズバリ言われちゃったらどうすんの⁉　イヤイヤと首を横に振るけれど、結局ティアに引きずられて屋台通りに戻ってきちゃった。

「あれー？」

あのおばあさんがいた場所には何もなくなっていた。帰っちゃったのかな。近くの屋台の人に聞いてみる。

「あのー、ここにいた占い屋さんって……」

「え？　あっ、あのばあさん、どこに行ったんだ？　さっきまでは確かにここにいたはずだけど」

屋台の店主は目をぱちくりさせながら、首をかしげた。

「ん～、変なばあさんだなぁ。フラッとやってきて店を構えたと思ったら、いつの間にかいなくなっちまうなんてよ」

「そうだったんですか……」

「もしかしたら、魔物の類いだったのかもな！　ガハハ！」

否定はできないなぁ……。

「レイフェルさんに何を言おうとしてたんですかね」

ティアが顎《あご》に指を当てながら、うーんと唸《うな》り声を上げる。

おばあさんがいなくて正直ほっとしたけれど、私もなんだかモヤモヤするなぁ。不吉な予言とかじゃなければいいんだけどさ。まあ、いつまでも考えてたって仕方ないよね。さーて、ごはんごはん。運動しすぎて、もうお腹ペッコペコだよ。

私とティアは真っ先に網焼きの屋台に並んだ。そして焼きたてのお肉をゲット！

「まだ若いからって、肉ばっか食べちゃダメだよ。野菜も食べな！」

網焼きの店主はそう言って、野菜もいっぱいサービスしてくれた。なんかお肉より多いような……食べ切れるかなぁ。

早速空《あ》いているベンチに座って、いただきます。ふたりで黙々と食べていると、見覚えのある人が近づいてきた。

「こんにちは、レイフェルさん。美味しそうなの食べてるわねー」

私の店に時々買いに来る奥さんだ。ティアとふたりで、こんにちはーと頭を下げる。

「あ、ねぇねぇ。レイフェルさんのお店では、お香とかは扱ったりしないの？」

うーん、お香かぁ。あれは香りを楽しむもので治療とか回復効果とかじゃないから専門外なんだよね。そのことを奥さんに説明すると、残念そうな表情をされてしまった。ああっ、ごめんなさい。

「あら〜、そう……。レイフェルさんのお店なら、例のお香を売ってるかもしれないって思って……」

「例のお香？」

「近ごろ、貴族の間で流行《はや》ってるらしいのよ。とってもいい香りがして、嗅ぐだけで天国にのぼるような幸せな気分になれるんですって！　ものすごく高くて、とある貴族の口利きがないと手に入れることもできないそうよ」

「えぇぇ……？」

天国にのぼるような……って、なんかちょっと胡散臭いな。何から何まで怪しい。

でも、そんな得体の知れないものが流行《はや》っているのは少し気になる。貴族の間でってことだから、アルさんなら何か知っているかも。ヘルバ村に戻ったら恋人に話を聞きに行こう。


「お香……ですか……」

ちょうどアルさんが蛇の集いの支部のエントランスにいたので尋ねてみると、腕を組みながら黙り込んでしまった。え、何？　この反応。聞いちゃいけなかったのかな。

「ア……アルさん？」

おずおずと名前を呼ぶと、アルさんはおもむろに口を開いた。

「いいですか、レイフェル様。それには、極力関わらないでください。そのお香には妙な噂があるんです。なんでもそのお香には――」

「アレックス様、今お時間よろしいでしょうか？」

そのとき他の薬師が慌ただしくアルさんに声をかけてきた。そういえば、なんだかみんな忙しそう。

「アルさん。私のことはいいんで、行ってあげてください」

「も、申し訳ありません。それでは失礼します。あっ、お香には、絶対手を出さないでくださいね」

アルさんはペコッと頭を下げて小走りで去っていった。手を振りながら見送ると、私はむむむ……と口をへの字にした。関わるなとか、妙な噂があるって言われると、余計に気になっちゃうんですが～!?

私を養子にしてくれたノートレイ伯爵に相談してみようかな。いやいや、こんな怪しいことに伯爵を巻き込むわけには……

「あの……レイフェル様」

後ろから声をかけられて振り向くと、そこにはサラさんがいた。

「お久しぶりです、サラさん！」

「先日はありがとうございました。ティア様が持たせてくださったマフィンも、すごく美味しかったです」

やったね、ティア！　喜んでくれたよ！　ニンマリと笑っていると、サラさんは私の耳元に顔を近づけてきた。

「今……アレックス様とお香の話をされてませんでしたか？」

「は、はい。貴族に大人気のお香があるらしいんですけど……」

「……ちょっと私の部屋まで来てもらってもいいですか？　ここでは話しづらいことですので」

サラさんはそう言いながら、周囲をキョロキョロ見回す。よく分からないけれど、私は頷《うなず》いてサラさんのお部屋にお邪魔することに。

「うわぁ～……！」

サラさんのお部屋では、色んな植物やキノコが育てられていた。私が初めて見るような種類もある。本当に勉強家なんだなぁ……

「あ、あのレイフェル様？」

植物たちをじーっと観察していたら、サラさんに声をかけられてハッと我に返る。

「すみません。つい、夢中になっちゃいまして……」

「いえいえ、気にしないでください。それでお香のことなんですけど、ちょっと心当たりがあるので知り合いに聞いてみますね」

「ほんとですか⁉」

「はい、私にお任せください。……ただし、このことは私とレイフェル様だけの秘密です。アレックス様に知られたら怒られてしまいますから」

サラさんはピッと人差し指を立て念を押す。うん。怒ったときのアルさんは怖いもんね。

私はコクコクと頷《うなず》いた。……でもみんなに隠れて、ちょっといけないことをするのってなんだかワクワクしちゃうな。


三日後。サラさんが私の店へやってきた。

「お待たせしました、レイフェル様。おっしゃっていたお香って、こちらだと思うのですが」

サラさんが掌《てのひら》サイズの木箱を差し出す。真っ赤な塗装がされていて、薔薇《ばら》の絵が彫られたお

洒落《しゃれ》なデザインだ。とても怪しい物には見えない。

「わぁー、ありがとうございます、サラさん！」

「実はこれ、ミシェル様からいただいたんです。ご両親がたくさんお持ちになっていて、ひとつくらいならなくなっても大丈夫だからって、持ってきてくださいました」

「そうなんですか？」

お香に興味なんてなさそうに見えたんだけどな。ミシェルさん……圧倒的感謝……っ！

「では、私はそろそろ失礼しますね」

「はい！　お気をつけてー！」

サラさんが帰ったあと、私は木箱を持って店の奥へ向かった。そして薬の在庫チェックをしていたティアに声をかける。

「ティアー！　私と天国に行こう！」

「えっ⁉　私たち、死んじゃうんですか⁉」

ガガーンとショックを受ける弟子。違う違う！　天国に行くってそういう意味じゃないから！

困惑するティアに、サラさんからお香をもらったことを説明してリビングに移動する。木箱を開けると、茶色い三角錐の物体がコロンと出てきた。

「……これがお香ですかぁ？」

「う、うん。そうみたい」

私とティアはパチパチと瞬きを繰り返す。お香なんて初めて見たけど、地味な見た目だな。箱のデザインからしてもっと可愛いのを想像してたんだけど……まあいいや。

お香を小皿に載せて、テーブルに置く。そして先っちょに、マッチで火を点ける。

すると、細くて白い煙がふわりと立ち上った。

「ふわぁ……なんかいいにおい……」

今まで嗅いだことのない甘い香りが漂い始める。いつまでもずっと嗅いでいたい。ティアとふたりで、煙に顔を近づけてスーハーと大きく深呼吸を繰り返す。

「ティア……踊ろっか～」

「ですね～。踊りましょ～」

香りを堪能しているうちに、なんだか楽しい気分になってきた。私たちは椅子から立ち上がると、手を繋いでクルクルと踊り出した。

「アハハハー。楽しいね、ティアー」

「ウフフフー。そうですね、レイフェルさーん」

ああ、体もふわふわして、夢の中にいるみたい……と思っていたら、お花畑だった頭の中が急に冷静さを取り戻していく。私、今何やってたんだろう。

「レ、レイフェルさん、なんか私たちバカになってませんでした？」

ティアも私と繋いだ手を訝《いぶか》しげに凝視している。

「うん……バカだった」

お香の香りをクンクン嗅いでいたら、様子がおかしくなっていったような。

ちらっとテーブルへ視線を向けると、お香は既に燃え尽きて灰になっていた。あの甘い香りもしない。そして突然、正気に戻った私たち。

「ま、まさか……バカになった原因って……」

確かに天国にのぼるような気分だったけれど、やっぱり危険な香りがプンプンする。だけど言いつけを破っちゃったから、アルさんに相談はできない。……とりあえずサラさんに報告しておこう。


「申し訳ありません、レイフェル様！　そんな危ないものとは知らずに、お渡ししてしまいました……！」

自室で薬草書を読んでいたサラさんにお香のことを話すと、彼女はグイっと私に顔を近づけて謝ってきた。顔が近い近い！

「い、いえ。サラさんは何も悪くないですよ！　お香を欲しがったのは、私なんですから！」

私は慌《あわ》てて後ずさりした。

「うぅ……でも私ったら、なんてことを……」

「ほんと気にしないでください。あ、でも、ミシェルさんからまたお香をもらうことはできますか？　材料に何が使われているのか調べたくて」

サラさんは人差し指を顎《あご》に当てて、少し間を置いてから答えた。

「そうですねぇ……。ミシェル様にまたお会いしたときにお願いしてみます」

「よろしくお願いします、サラさん」

「レイフェル様のご要望ですから！　あ、ですけれど、このことはアレックス様には……」

「もちろん、秘密ですよね？」

私が口の前に人差し指を添えながら言うと、サラさんはいたずらっぽく笑いながら同じポーズをした。アルさん以外で、蛇の集いの薬師さんとこんなに仲良くなれたのって、サラさんが初めてかも。えへへ、うれしいなぁ。

……それにしても、お香のことがやっぱり気になる。あんなものが社交界で流行《はや》ってるなんて、いったい何が起きているんだろう。

しかし私にとっては、もっと大変なことが身近で起こっていたのだ。


ヘルバ村に帰ってくると、何やら広場に人がたくさん集まっている。近づいてみると、若い人たちとお年寄りたちが激しい舌戦を繰り広げていた。

「もうあなたたちの考えは時代遅れなんです。このままでは、ヘルバ村は廃れてしまいますよ！」

「やっかましいわぃ！　そんなくだらん計画のために、森を壊されてたまるか！」

「うっせーな！　これは侯爵様が決めたことなんだから、いくらテメェらが反対したって無駄なんだよ！」

「何が侯爵様だい！　あたしたちは絶対に認めないからね！」

お互い一歩も引く様子を見せない。その光景を眺めながら私は深い溜め息をついた。

どうしてこんなことになっているかというと、ことの発端は一ヶ月前。この地方を管轄しているボラン侯爵が突然ヘルバ村にやってきたのである。村を視察したあと、村人たちを広場に集めて声高らかに宣言した。

『やはりヘルバ村は、年々若者が少なくなって過疎の傾向にある。このままでは村が廃れてしまうだろう。そこで村の近辺に商業施設を作ろうと思う。そうすればきっと移住者が増えて、ヘルバ村は活気を取り戻せるはずだ！』

ここまではよかった。みんなでうんうんって頷《うなず》いていた。ところが、そのために村の近くの森を伐採すると言い出し、その場は騒然。

『さらに村のシンボルとして、大聖堂も建てる。既に完成予想図も作成済みだ』

いるか、そんなもん！

そしてこの日を境に、土地開発推進派と反対派が対立するようになり、村の雰囲気はピリピリするようになってしまったのだ。推進派は若い人たちばかりで、反対派は昔から村に住んでいるおじいさんやおばあさんたち。こういうときこそ、村長がしっかりしなくちゃいけないんだけど……

「やめんか、おぬしたち。喧嘩はよくないぞぃ」

おっ、止めに入った。頑張れ、村長！

「村長は、もちろん開発に賛成ですよね？　この村の未来のためなんですから！」

「そ、そうじゃな。商業施設ができたら、毎日遊び放題だしのぅ」

ん？　村長の意外な答えに私は驚く。

「何言ってんだ、村長！　森がなくなったら、村長の大好きな狩猟が二度とできなくなっちまうんだぞ！」

「そ、それは困るわぃ。反対じゃ、反対」

おいおい……さっきとは真逆の意見を言う村長に頭を抱えてしまう。

「あなたはどっちの味方なんですか、村長！」

「はっきり答えな！」

「ワ、ワシ、ちょっと急用があるんじゃった。では、またの！」

村長、肝心なときに役に立たないな！　肝心なときじゃなくても、役に立たないけどさ！

そしてこの問題は、ますます悪い方向にエスカレートしていくのだった。


「あいつら、俺の店に石を投げて窓を割りやがった！　なんて連中だ！」

「うちも今朝畑を見に行ったら、収穫前の野菜が引っこ抜かれていて、酷《ひど》い荒らされようだったよ。ありゃ、獣じゃなくて人間の仕業だね」

私の店に集まって会議をする、ご老人たち。どうやら推進派が反対派の人たちに嫌がらせをするようになったらしいのだ。しかもみんなが寝静まった夜中に。

直接暴力を振るわれた人はいないけど、いよいよ治安が悪くなってきた。そのせいで武装して出歩く人も現れ始めた。今朝なんてミラおばあさんが鍋の蓋とお玉を持って歩いてたし。

「なんとかしないといけませんね……」

私が溜め息混じりに言うと、みんなが一斉にこっちを見た。え？　何？

「……なぁ、レイフェルちゃんたちは反対派なんだよな？」

「そりゃもちろん！　ね、ティア？」

「当たり前じゃないですか！」

隣にいたティアと頷《うなず》き合う。森に薬草を摘《つ》みに行かないと私たちは薬が作れないのだ。立ち入り禁止にでもなったらたまったもんじゃない。薬師として断固反対です。

「でもレイフェルさんとこは、なんも被害を受けてないよな」

「そういや、そうだね」

「レイフェルちゃん……あんた、まさか推進派のスパイじゃ……」

「ノンノンッ！」

あらぬ疑いをかけられて、私は首を大きく横に振る。うちの店が嫌がらせを受けていないのは、アルさんを怒らせたくないんじゃないかな。他国の王族とは揉めたくないだろうし。

というのも、嫌がらせをしている推進派は近ごろ引っ越してきた人たちが多い。村の若者を扇動するために、ボラン侯爵が送り込んだ部下なんだと思う。


いつものように森へ薬草《やくそう》摘《づ》みに行こうとしたある朝のこと。ついに私たちが恐れていた事態になってしまった。

「ん？」

森の入口に、なんか大きな立て札が立っている。伐採作業のため、この先立ち入り禁止……!?

「シッシッ！　誰も森には入れるなって言われてるんだよ！」

呆然《ぼうぜん》としていると、森の中から出てきた推進派に手で追い払われてしまう。え、えらいこっちゃ……！　私はすぐに村に戻りティアと話し合う。

「えーっ⁉　じゃあ、もう薬草を摘《つ》みに行けないってことですか⁉」

店の一大事にティアがぎょっと目を見開く。

「そうなんだよね……」

一応薬の在庫はあるけど、それにも限りがある。しかも店に残っている薬草だけだと、どの薬も作れないんじゃないかな。いやいや、諦めるのはまだ早い。

「足りない薬草はあとで入れるとして、ひとまず今ある材料だけで煮込んでみよう！」

もしかしたら、偶然新しい薬が作れちゃうかもしれない！

なるべくポジティブに考えながら、薬作り開始。今回作るのは胃腸薬。本来は六種類の薬草が必要なんだけれど、バッサ草がないので、それ以外を煮込んでいく。

「うーん……」

いつもなら鍋の中がキラキラと光るのに、今日は何も起こらない。やっぱりこの状態だと、薬は未完成ということなのかな。

「おや、レイフェルさん。今日もお薬作りかい？」

窓から真っ白な猫を抱っこしたおばあさんが、ひょっこりと顔を覗かせる。愛猫家のサマンサおばあさんだ。

「は、はい……」

薬の材料が足りなくて困ってますとは言えないよね……

「さっきアップルパイを焼いたんだよ。ひとりじゃ食べ切れないんで、よかったらティアと食べに来てくれないかい？」

「わー、食べます食べます！」

どうせ薬草も足りないんだし、薬草作りは一旦中断。この鍋は、どこかに片づけてと……

「ニャーン」

「あっ。こら、オモチ！」

猫がサマンサおばあさんの腕から抜け出して、部屋に入ってきちゃった。ちなみにオモチとは、遠い異国の食べ物だそうな。

「ニャー」

オモチが私の足元に駆け寄ってきた。ちょうど鍋を持っているときに。

「わっ、ちょっ……！」

驚いて、思わず鍋を大きく揺らしてしまう。そして、次の瞬間。

「うひゃっ！」

「ギニャッ！」

中の液体が鍋から零《こぼ》れて、私の顎《あご》とオモチの尻尾にかかってしまった。

「ニャァアアアアッ」

全身の毛を逆立てて、サマンサおばあさんの胸へ飛び込んでいくオモチ。あわわ、びっくりさせちゃって、ごめんね！

「レイフェルさん火傷《やけど》してないかい⁉」

オモチをしっかりと受け止めながら、サマンサおばあさんが上ずった声で尋ねる。

「す、少し前に火を止めてて、ぬるくなっていたので大丈夫です」

「それならよかったけど……何やってんだい、この馬鹿猫！」

「ウナァ〜」

サマンサおばあさんに指で額をぐりぐりされて、オモチは嫌そうな顔をする。

「猫ちゃんの害になる成分は入ってませんが、ちゃんと拭いてあげてください」

「あいよ。じゃあ、あたしゃ家に戻ってるよ」

「はーい！　あとでお邪魔しますねー！」

サマンサおばあさんとオモチを、手を振って見送る。

「……んん？」

なんか顎《あご》の辺りがムズムズするな。あとでしっかりと水洗いしておこうっと。


翌朝。

「ふわぁぁ……」

薬草摘《やくそうつ》みに行けないので、今日はちょっと遅めのお目覚め。目をしょぼしょぼさせながらキッチンに向かうとティアの姿があった。

「おはようございます、レイフェルさん！　チョコチップパンを焼いてきたんで、一緒に食べ……

ファッ!?」

ティアが私を見た途端、奇声を上げた。

「えっ、私、そんなに寝癖ヤバい!?」

「んなこと言ってる場合じゃないですよ！　ほら、鏡見て！」

ティアに押しつけられた手鏡で自分の顔を見る。私の顎《あご》にフッサフサの白い毛が生《は》えていた。

「なんじゃこりゃあ!?」

キッチンに響き渡る、私の絶叫。

「レ、レイフェルさんが村長みたいになってもうた……」

こんなんで外を出歩けるか！　私はハサミを握り締め、ジョキジョキと顎髭《あごひげ》を切り落とす。しかし、その直後、髭《ひげ》がものすごいスピードで生《は》えてきて、髭《ひげ》もじゃレイフェルに逆戻り。

「嘘ぉ……!?」

恐るべき再生力。思わずその場に、へたり込んでしまう。

「レイフェルさん、なんか変な病気に感染したんじゃないですか!?」

「えっ！　な、何これ。どうしよう!?」

パニックになっていると、ドンドンと玄関の戸を叩く音が聞こえた。慌《あわ》ててドアを開けると、そこにはサマンサおばあさんが立っていた。

「ありゃっ。レイフェルさん、一晩でずいぶん老けちまったねぇ！」

「私も、なんでこうなっちゃったか分かんなくて……！」

「そんなことより、うちの猫が大変なんだよ！」

サマンサおばあさんはそう言って、抱っこしていたオモチを突き出してきた。パッと見た限りでは、いつも通りだけど……あれっ、ちょっと待って。

「尻尾なっが!!」

「ニャーン……」

し、尻尾の毛が孔雀みたいに長くなってるーっ！

「朝起きたら、こうなってたんだよ。切っても切っても、すぐに生《は》えてくるし……何かの病気かねぇ」

サマンサおばあさんが困ったような表情で、オモチの尻尾をプラプラと揺らしている。私も顎髭《あごひげ》を撫《な》でながら考え込んでいると、ふと昨日の出来事が脳裏に蘇った。

「ひょっとしたら、あのときの……？」

「どういうことだい？」

「多分私とオモチは、昨日かかった薬のせいで毛が生《は》えちゃったんだと思います」

材料が全部揃《そろ》っていない状態で煮込んだから、変な効能が現れたのかも。だけど、被害が私とオモチだけで済んでよかった。

胸に手を当てて安堵《あんど》の溜め息をついていると、突き刺さるような視線を感じた。村長が木の陰から、じっとこちらの様子を伺っている。

「村長？　そんなところで何やって……」

声をかけようとすると、野生動物みたいに素早く逃げて行った。な、なんだろう。気になるけれど、今は村長に構っている場合じゃない。こんな顎髭《あごひげ》、アルさんに見られたくないけど、足りない薬草を手に入れる方法を相談しないと。私はそそくさと蛇の集いへ向かったのだった。


「アスクラン王国で学会!?」

「は、はい。なのでアレックス様を始めとする多くの薬師が不在にしております」

道理でいつもより人が少ないわけだ。この前来たときにみんな忙しそうだったのは、学会の準備をしていたからだったんだ。

「いつ帰ってきますか？」

「一週間ほどアスクラン王国に滞在する予定です」

「そんなぁ～！」

よりにもよって、こんな大事なときにアルさんがいないとは……！

「……レイフェル様？」

しょんぼりと項垂れる私に、誰かが話しかける。ゆっくりと顔を上げると、心配そうな表情のサラさんがいた。

「ど、どうなさったんですか、そのお髭《ひげ》……」

「ウエーン！　助けて、サラさーん！」

「はいっ⁉」

突然泣きつかれたサラさんは目を丸くする。まだ蛇の集いに入ったばかりの新人さんということで、お留守番していたらしい。事情を説明すると、サラさんは大きく目を見開いた。

「森の伐採⁉　そんなの薬師にとっては、死活問題じゃないですか！」

「そうなんですよ。他に薬草がたくさん生《は》えているようなところもないですし……」

「薬草がたくさん……」

そう呟《つぶや》くと、サラさんは口元に手を当てて考え始めた。そしてハッとした様子で、口を開く。

「辺境にあるイーナ村の近くには、様々な薬草が生息していると聞いたことがあります。ただし、そこに行くには三日ほど川を下って行く必要があるらしく……」

「川⁉」

辺境というより、秘境の地なのでは⁉　私が大きく動揺していると、サラさんは慌《あわ》てて話を続けた。

「で、ですけど、ガイドさんが同行してくれるので、観光気分で行けるところらしいですよ！」

観光気分かぁ……なんだか、ちょっと楽しそうかも！　それにこれは私たちの店のことだもん。できればアルさんに頼らず自分たちで解決したい。

店に戻ってティアにイーナ村のことを話すと、一緒に来てくれることになった。ありがとう、我が弟子よ。

その日のうちに荷造りを済ませて、翌日私たちは、早速イーナ村へ出発することにした。

「これでよしっと。うんうん、可愛いですよレイフェルさん！」

「そうかなぁ……？」

私はティアに三つ編みにされた顎鬚《あごひげ》をそろりと撫《な》でた。ご丁寧に可愛いリボンまでつけてある。

「大丈夫！　自信持ってください！」

私の肩をポンと叩いて、首を大きく縦に振る弟子。コラ！　絶対に面白がってるでしょ！　ぷっくりと頬《ほほ》を膨らませながらリュックを背負い、ふたりで村長の下へ挨拶《あいさつ》に向かう。

「キャアアアアッ！」

突如《とつじょ》村長の家から悲鳴が聞こえる。驚いて立ち止まると、玄関から奥さんが飛び出してきた。

「どうしたんですか⁉」

私は慌《あわ》てて奥さんへ駆け寄った。

「た、大変よっ！　夫の頭がおかしくなっちゃったの‼」

「ふぉっふぉっふぉっ。レイフェルさんや、おはよう」

「そ、村長……⁉」

長い黒髪を優雅になびかせながら、村長が家の中から出てきた。

本当だ、村長の頭がおかしい。私と奥さんが呆然《ぼうぜん》としていると、ティアがトコトコと村長へ近づいて行く。

「そいやっ」

そして村長の髪を、思い切り引っ張った。

「いでででっ！　やめんか、ティア！」

「あれっ？　これ、カツラじゃない！」

じゃあ、地毛ってこと？　昨日見た村長の頭は、いつものように光り輝いていたはず……ハッ。

「……まさか、村長。店に忍び込んで、あの薬を自分の頭に塗りました？」

「いや。ワカメを頭に一生懸命すり込んでいたら、生《は》えてきただけじゃよ」

明後日の方向を見ながら、バレバレの嘘をつく村長。

「そんなことより、その髭《ひげ》似合っとるのぅ～」

「あ、ありがとうございます……」

私は少し呆《あき》れながら、今から旅に出ることを告げた。すると村長は私たちに渡したいものがあると言って、いそいそと家の中に戻って行った。

待っている間に、困惑している奥さんに薬のことを説明する。村長が私の店に不法侵入したと知り、奥さんの顔が険しくなっていく。

「ごめんなさいね、レイフェルさん。あの人の髪、全部むしり取っておくわ」

「まあまあ、薬の効果は永遠に続くわけじゃありませんから」

「そうなの？」

奥さんが怪訝そうに首をかしげる。

「多分村長の髪の寿命は、蝉《せみ》と同じくらいだと思います。だから今だけは、そっとしておいてあげてください」

「レイフェルさんがそう言うなら……」

そんなやり取りをしていると、何も知らない村長が戻ってきた。

「ワシ特製の鹿肉ジャーキーじゃ。旅の最中に、ふたりで食べるといいぞぃ」

そう言いながら、小さな包みを私に手渡す。

「ありがとうございます、村長！」

「ふぉっふぉっふぉっ、髪のお礼じゃよ」

「え？」

「あ、いや、旅の餞別じゃ」

まったく、この村長は。ニコニコの村長に見送られながら、私とティアはヘルバ村をあとにした。

サラさんの言っていた川までは徒歩で向かう。道がろくに整備されておらず馬車が通れないんだって。確かに、ずっとデコボコした道が続いている。

青い空は次第にオレンジ色に染まり始めて、どこからかカァーカァーとカラスの鳴き声が聞こえてきた。マ、マズい。もう夜になっちゃうのに、全然川が見えてこない。夜道を歩くのは危険だし……よし、ここは腹をくくろう。

「ティア、今日はあそこで野宿をしよう」

私は近くにそびえ立っている大木を見ながら、ティアに話しかけた。

「えーっ！　でも、テントなんて持ってきてませんよ⁉」

「今の季節は夜になってもそんなに寒くないし、死にはしないっ！」

渋るティアを大木まで引きずっていくと、私はあることに気づいた。

「この木ってもしかして……」

掌《てのひら》ほどの大きさの葉っぱを、枝から取って表面を触る。

「やっぱり。ほら、ティアも触ってみて」

「うわー、ほんのりあったかーい……」

ティアは緩んだ表情で葉っぱに頬《ほお》ずりした。この葉っぱは昼間に浴びた太陽の熱を溜め込む性質があって、夜でも温かい。今夜はこれで、暖を取ろう。夕飯はティアが持ってきたパンと、その辺に生《は》えていた木いちごで済ませる。パンは美味しいけど……木いちご、すっぱ！

強い酸味に口をすぼめていると、ティアがぽつりと呟《つぶや》く。

「明日から、大丈夫かなぁ。ごはんとか寝るところとか……」

「だ、大丈夫だよ！　サラさんも、観光気分で川下りできるって言ってたし！」

私は、早くも弱気になっている弟子を励ます。それに森に行けば、木の実とかキノコがあるからひもじい思いはしないはず。いざとなったら、村長の鹿肉ジャーキーもある。

今夜は大木の葉っぱを地面に敷き詰めて、一夜を明かすことにした。周囲に虫除けの粉を撒いて……っと。

「それじゃあ、おやすみティア！」

「レイフェルさん、ポジティブだなぁ～。でも、不安になってばかりじゃダメですよね。うん、おやすみなさい！」

ごろんとふたりで仰向けになり、瞼《まぶた》を閉じる。

そしてこの翌日、私たちはひとりの男と出会うのだった。

第四話　謎の村と聖域

「レイフェルさん、レイフェルさんっ！　早く起きてください！」

翌朝、私はティアに揺り起こされた。

「むにゃ……ティア？　どうしたの？」

「あそこ！　あそこ見てください！」

ティアが一匹のリスを指差した。じーっとこちらを見ている。

この辺りにも生息しているんだね。可愛いなぁ。パンを千切ってあげようかな……と一瞬思ったけれど、村長が野生動物には絶対餌をあげちゃダメって言ってたっけ。

そんなことを考えているうちに、リスもすぐにどこかに行っちゃった。さて、私たちも朝ごはんを食べて出発しますか！


数時間後、私たちはようやく川辺に到着した。しかし。

――ゴォォォォ……

予想していたよりも川の流れが速い。せせらぎというより、濁流《だくりゅう》に近い。

そして、岸に停まっている一艘のカヌーは明らかにオンボロで、何度も修理した形跡がある。まさかあれに乗ってこの川を下るの……？

不安を抱えながら、高台の小屋で待機しているガイドのところに向かう。

「ワタシ、ジョージって言います。よろしくお願いしますねー！」

ジョージはハンチング帽を被った、四十代のおじさんだった。あんまり頼もしそうに見えない。

「はっはー！　面白い髭《ひげ》ですねー！　早速カヌーで出発しましょー！　さあ、乗ってくださーい！」

初対面なのに、失礼だな！　と内心ツッコむものの、すぐさま救命胴衣を着せられた私たちは例の沈没しそうなカヌーに乗る。

「あ、あの、乗った瞬間に、ミシミシって音がしたんですけど……」

「気のせいでーす。はい、パドル持ってー」

「私たち、カヌーなんて乗ったことないよ!?」

私の後ろに乗ったティアが、慌《あわ》てた様子で叫ぶ。

「心配いりませーん。カヌー、とっても楽しい乗り物。川の流れに任せて漕いで行きまーす」

「いや、流れってめちゃめちゃ速いじゃん！　無理だよ、怖いよ！」

「オーゥ、やればできまーす！」

ジョージはドヤ顔で根性論を振りかざすと、ティアにパドルを押しつけて、カヌーの先頭に手ぶらで乗り込んだ。

「ジョージさん、パドルは？」

「ワタシは漕がないで、アナタたちに指示を出しまーす！　とても重要な仕事でーす！」

「……」

　こうして、私たちの命懸けの川下りが始まったのだった。

「そうそう、いい調子でーす！」

「は、はい……！」

　私たちは、せっせとカヌーを漕ぐ。だけどジョージの言っていた通り、ある程度は川の流れに任せて進むため意外と楽かもしれない。ふんふんと、鼻歌を歌う余裕ができたときだった。

「分かれ道でーす！　右に向かって進んでくださーい！」

　突然のジョージの指示に従って、カヌーを進めようとする。しかし、思い通りの方向に進まない。

「ジョ、ジョージさんっ！　なんか左に流れて行っちゃいそうです！」

「レイフェルさんたち、あんまりカヌー漕ぎ上手じゃありませんねー」

　初めて漕いでるんだから、当たり前だろうが！　と心の中でツッコみながら、とにかく必死に漕ぐ。

「このまま左に進めば、海に出まーす！」

　ジョージは元気よく私たちに告げる。

「「わぁぁぁぁっ!!」」

　私たちは死に物狂いでパドルを動かして、どうにかカヌーを軌道修正することに成功した。

「ハアッ、ハアッ……」

「オゥ、やりますねー」

私は無言で、ジョージの背中を睨《にら》みつけた。そんなふうに必死に漕ぎ続けること数時間。

日が暮れてきたころ、ジョージが左前方の岸を指差した。

「本日はあそこで泊まりましょー！」

この川の周辺には、いくつかキャンプ地があって、キャンプ道具一式を完備しているらしい。

や、やっと休めると安堵《あんど》する。最後の力を振り絞って、カヌーを岸へと寄せて行く。しかし。

「待って、ジョージさん！　流れが速くて着岸できない！」

「ちょっと待っててくださーい！」

ジョージがロープを持って、素早く岸に飛び移った。そしてカヌーのデッキにササッと取り付けて、岸に引き寄せる。

「レイフェルさん、早く飛び移ってくださーい！」

「はい！」

私は立ち上がって、ぴょんっと岸へジャンプした。

「ナイスです、レイフェルさーん」

ジョージがパチパチと拍手しながら、私を褒める。……ん、拍手!?

「レイフェルさん、助けてーっ！」

ジョージがロープを手放したせいで、ティアを乗せたままカヌーが流される。

「うわぁぁぁっ、ティアーっ！」

私は慌《あわ》ててロープを掴むと、全身全霊を込めてカヌーを引っ張った。

「おっと、やってしまいましたー」

いい加減にしないとパドルでぶん殴るよ、ジョージ!!

とまあ、何はともあれ、本日のキャンプ地へと向かう。

「ワタシは晩ごはんの材料を調達してくるので、おふたりはテントを張っててくださーい」

ジョージは大きな木箱を指差したあと、蝉《せみ》たちがミンミンと鳴いている森の奥へ消えて行く。どうして私たちが、こんなことまで？　とジョージへの不信感を募らせながら、私たち用と彼用のテントを設営する。この前、キャンプをしたときの経験が、こんな形で役に立つとは……

ジョージはなかなか戻ってこず、様子を見に行こうか迷っていると、パーンッと一発の銃声が鳴り響いた。その数分後。何かが入った麻袋を提げて、ジョージが戻ってきた。

「今から晩ごはんを作りまーす！　おふたりは、ゆっくり休んでてくださーい！」

だ、大丈夫かなぁ。不安を抱えながら、テントの中でじっと待つこと一時間。ごはんができたと、ジョージが迎えに来たので川辺へと向かう。

「今夜のメニューは、お肉のソテーと具だくさんのスープでーす！」

すごくいい香りがした。こんがり焼けたお肉には赤紫色のソースがかかっていて、スープにはお肉や野草がいっぱい入っている。

「「いっただきまーす！」」

まずはお肉にかぶりつく。

お、美味しい！　鶏肉みたいにあっさりしているけど、味に深みがあるというか。それに濃厚なワインソースがぴったり合う。スープのほうも具材の出汁《だし》がよく出ていてコクがある。スープに入っているお肉は、ソテーしたものとは違うようで、噛み応えがあって、ほのかに木の実の香りがする。

「これ、すっごく美味しー！　ねえねえ、ジョージ。これって何なの？」

ティアが特に気に入ったのは、スープに入っているエビみたいな風味の謎の物体。

「チッチッチ。秘密でーす」

ジョージは人差し指を左右に振って、その謎の食材を明かさない。

うーん、気になるな。疑問を抱きつつ食べ進めていると、スープの中に黒っぽいものが入っていた。

「ジョ、ジョージさん？　なんか蝉《せみ》の翅《はね》っぽいのがスープに入ってたんですけど」

「オーゥ。気づかないうちに、蝉《せみ》が鍋の中に入っちゃったみたいですねー」

「まさかこのエビっぽいのって……」

「秘密でーす！」

私とティアは真顔でお互いを見合ったあと、再びスープを食べる。だって食べないと、死んじゃうもん。

ごはんを食べたあとは、ジョージは川に調理器具や食器を洗いに行き、ティアはそのお手伝い。

一方私は食後コーヒーを飲むために、たき火でお湯を沸かしていた。

そういえば、蝉《せみ》のインパクトが強すぎて忘れてたけれど、私たち何のお肉を食べていたんだろ。鶏肉っぽいのと、木の実の香りがするお肉……

「ん？」

地面に何かが落ちていることに気づく。

これは……ウサギの耳と、茶色くて細長い毛玉？

なんだろ、この毛玉と首をかしげ考えていると、なぜか今日の朝、リスを見かけたことを思い出す。

「……今のは見なかったことにしよう」

私はお腹をさすりながら、自分にそう言い聞かせる。こうして激動の一日が、終わりを迎えた……はずだった。

「レイフェルさーん、ティアさーん！　ウェイクアップ！」

「ウェイクアップじゃないよ、ジョージ！　今何時だと思ってんの⁉」

その日の夜中、突如《とつじょ》ジョージが私たちを叩き起こす。目をさすりながらテントから出ると、真っ暗な小川へと連行される。

「アナタたち、ワタシが虫を食べさせたと疑ってまーす。だから、今ここでエビを捕まえてご馳走しまーす！」

「「今ここで⁉」」

驚愕する私たちを無視して、ジョージはランタンで水面を照らす。

「オゥ、エビがたくさんいますねー。私がこの辺りに網を張っておくので、レイフェルさんたちはこれを使って、エビをこっちまで追い込んでくださーい！」

そう言って、タモを私たちに押しつけるジョージ。

「えっ、私たち川の中に入るんですか？」

この辺りは水深はかなり浅いし、流れも緩やかだけれど、そういう問題じゃない。

「私たちカヌー漕ぎで、滅茶苦茶疲れてるんだよ⁉　バカじゃないの⁉」

「エビ捕り楽しいですよー！　ハーイ！　ほら、おふたりも早く早く！」

猛抗議するティアに構うことなく、ジョージは網を川に投入した。私とティアは、しぶしぶ靴を脱いで川に入った。水冷たっ！

「レイフェルさん、ティアさん、頑張ってくださーい！」

「「ヒィヒィ……っ！」」

タモを水の中で左右に振りながら、よぉっ！　よぉっ！　と、網に向かってゆっくり進んで行く。

私たち、いったい何をやらされているんだろう。

「ど、どうですか？　エビ捕れましたか⁉」

「ウーン、全然ダメですねー！」

そりゃ、こんなので捕まえられるわけがない。というか、ジョージがランタンで川を照らしちゃったせいで、逃げちゃったんじゃないの？

「もっかいチャレンジしてみましょうー！」

「もう勘弁してよ、ジョージ！」

「私たち、本物のエビなんて食べられなくていいです！　虫食べますから！　だから、早く寝かせて！」

こんな感じで、私たちの（主にジョージのせいで）過酷な川下り生活は、三日に及んだのだった。

そしてようやくイーナ村付近に辿り着いた。

「ガイド料五万イェーンくださーい」

「そんなにお金取るんですか!?　ってか、ジョージ、ごはんしか作ってなかったじゃないですか！」

「でも、ごはん美味しかったでしょー？」

ジョージの問いかけに、私とティアはコクンと頷《うなず》く。この男に振り回された三日間だったけれど、ごはんだけは美味しかった。しぶしぶお金を支払って出発しようとするとジョージに呼び止められる。

「イーナ村に行くなら、気をつけてくださーい」

「え？　そ、それってどういう……」

「それじゃ、さよならでーす。ワタシ、お昼ごはんを探しに行きまーす！」

ジョージはスタスタと森の中へ消えて行く。最後まで人の話を聞かないガイドだった。

「と、とりあえず、村に行ってみようか……」

「ですね……」

イーナ村は川辺からしばらく歩いたところにあった。藁でできた家が立ち並んでいて、ヘルバ村に比べて畑や田んぼが多いのどかな村だ。ジョージの意味深な発言で不安になったが、治安が悪そうには見えない。

薬草摘《やくそうづ》みの前に今晩の宿を探すため、ちょうどそばを通りかかった村人に声をかける。

「すみませーん、ちょっといいですか？」

「……」

あれっ。なんだろう、この反応。こちらをチラッと見て、どこかに行ってしまった。他の人たちも、あからさまに私たちを避けている。

「レイフェルさん、あそこ宿屋じゃないですか？」

ティアが他よりも一際大きな建物を指差す。そこに向かってみると、玄関脇には宿泊料金をまとめた看板が立てられていた。ドアプレートに『現在、空き部屋あります』って書いてある。よし、早速入ってみよう。

「今日はもう満室なんだ。とっとと帰っとくれ。……ケホケホ」

宿屋の店主は咳をしながらそう言って、私たちをぺいっと追い出した。仕方がないので、とりあえず先にお腹を満たそうと飲食店に入っても、店員にギロリと睨《にら》まれる。

「よそ者に食わせる飯なんざねぇよ！　早く出て行け！　ハックション！」

「し、失礼しました！」

宿屋の店主や飲食店の店員をはじめ、どうも村の外から来た人間に強い敵意を持っているらしい。

これじゃあ薬草摘《やくそうづ》みどころじゃないかも……

とりあえずこの日は、村の外でひっそりと野宿することになった。念のために、簡単な調理器具と材料を持ってきた甲斐があったな。

まずはマッチで火を熾《おこ》して、川の水を煮沸消毒。その水で小麦粉を溶いてから、ティアが摘《つ》んで来たヨモギンという食用の薬草と砂糖をまぜまぜ。そしてそれをフライパンで焼いたら、なんちゃってパンケーキの完成っ！

「意外と美味しいね、これ！」

「ヨモギンもいい香りですねぇ～。……って、ギャッ！」

ティアがこちらを見て驚く。

「ど、どうしたの？」

慌《あわ》てて振り返ると、イーナ村の子どもたちが私たちの皿を覗き込んでいた。

「おばあちゃん、何食べてるの？」

顎髭《あごひげ》のせいで、子どもたちに老けて見られている……

「ヨ、ヨモギンのパンケーキだよ」

「ヨモギン？　その葉っぱ食べられるの？」

「もちろん！」

そう答えると、子どもたちは目を輝かせた。せっかくなら、食べさせてあげたいと思い、私は早速パンケーキを焼く。

「わー、美味しい！」

「こんなの初めて食べたー！」

「おばあちゃん、ありがと！」

美味しそうに食べている光景を見ながら、私は少し気になっていたことを尋ねる。

「ねえねえ。イーナ村では風邪が流行《はや》ってるの？」

村の中でケホケホと咳をしている人や顔色が悪い人をちらほら見かけたのだ。質問した途端、子どもたちの表情が曇る。

「……お父さんとお母さんは風邪じゃないって言ってた」

「最初は風邪みたいなのに、どんどん酷《ひど》くなっちゃうんだって。体中に赤いぶつぶつができて、熱もいっぱい出るの！」

「うちのおじいちゃんも、その病気に罹《かか》って死んじゃった……病気になったら、色んな葉っぱを混ぜた苦いお水を飲んでたんだけど、全然治らないし」

うーん、所謂《いわゆる》風土病なのかもしれない。これは薬師として、ちょっと放っておけない。なんとかしてその病気を治す薬を作らないと。

「その色んな葉っぱって、どこに生《は》えてるの？」

私は質問を重ねる。

「ごめん……分かんないや」

子どもは申し訳なさそうに、首を横に振った。

「ううん。お話を聞かせてくれて、ありがとう」

大人たちなら知っているかも。ごはんを済ませ、早速村で薬のことを聞いて回ったのだけれど。

「ああ？　あんたらなんかに誰が教えるかよ」

「あそこは村人しか入っちゃいけない場所なんだよ。生意気な髭《ひげ》をしやがって！　さっさと村から出て行け！」

まあ予想通りの返答ばかりだった。いや、生意気な髭《ひげ》って何？

どうしたものかなぁと再び村の外にやってきた私は、はぁぁ～と深い溜め息をついた。

「私たち、全然信用されてないね……」

「……レイフェルさん、私にいい考えがあります」

ティアはそう言うと、私のリュックからガサゴソと何かを取り出した。……村長から貰《もら》った鹿肉のジャーキー？

「ちょっと待っててください！」

ジャーキーの入った包みを抱えて、ティアは村の中へダッシュする。しばらくすると、メタボ体型のおじさんを連れて戻ってきた。

「仕方ねぇなぁ。俺様が特別に教えてやるよ」

おじさんはご満悦な様子で、鹿肉のジャーキーをムシャムシャと食べていた。その隣では、ティアがニヤリと笑いながらブイサインをしている。食べ物で買収するなんて、流石《さすが》は私の弟子。

こうして私たちは、薬草が生《は》えている場所まで案内してもらうことに成功したのだった。おじさんは私たちを連れて、村の近くの森へ入って行く。そして歩き続けること、約三十分。

「着いたぜ。ここが例の場所だ」

「おおー……！　す、すごい！　色んな種類の薬草が生《は》えてる！」

サラさんが言っていたのは、この場所のことだったんだ。風土病に効果がありそうな薬草をいくつか摘《つ》んで、すりこぎで潰していく。こんなこともあろうかと、薬作りの道具も持ってきていたのです！

「ティアは、この薬草とこの薬草でお願い」

「アイアイサー！」

ティアと手分けしながら、組み合わせる薬草や分量を変えて、飲み薬を何種類も作っていく。この中のどれかが、効いてくれるといいんだけどな。

「……あれ？」

私は思わず目を見開く。ひとつだけキラキラと光っている薬があるのだ。……もしかして、木の精霊が「これが正解だよ」って教えてくれているのかな。

「これでみんなを治せるかも！」

「そうですね。でも、あの人たちがそう簡単に薬を飲んでくれますかねぇ……」

ティアが腕を組みながら、眉間に皺を寄せる。

ハッ、そうだった。薬を作ったとしても、イーナ村のみんなが薬を飲んでくれなきゃ意味がない。

村に戻ってきた私たちは、まずはちびっ子たちにお願いして、村の大人たちを広場に集めてもらう。そして、病気の特効薬ができたことを説明したんだけれど……

「よそ者が作った薬なんて、俺は絶対に飲まねぇぞ！」

「そ、そうよ！　そんな怪しいものを飲んだら、ますます具合が悪くなるに決まってるわ！」

「そんなのを飲むくらいなら、死んじまったほうがマシだね！」

ダメだ。やっぱりみんな警戒して飲もうとしてくれない。すると、その様子を見ていた子どもたちが怒り出した。

「みんな酷《ひど》い！　このおばあちゃんは、いい人なんだよ！」

「そうだそうだ！　自分たちだって、病気を治せるお薬なんて作れないくせに！」

「う……うるさいっ！　お前たちは、このババァに騙されてんだよ！」

ああっ、大人VS子どもの言い争いが始まってしまった！　おろおろしながら、ティアと顔を見合わせているときだった。

「おめだつ、うるせぇぞ！」

誰かの怒鳴《どな》り声が聞こえた途端、村人たちが一斉に声がした方向を見る。そこには杖をついた、よぼよぼのおじいさんがいた。この人も病に罹《かか》っているのか、顔色が悪い。

「大変なんです！　あの女が妙な薬を病人に飲ませようとして……！」

「んだから、うるせぇっつってっぺ」

「す、すみません！」

村人をぴしゃりと黙らせると、おじいさんはコホコホと咳き込みながら、私の前までやってきた。

「おめは薬師が？」

「はい……」

「その薬、おらに飲ませてけろ」

おじいさんが皺だらけの手を私に差し出すと、村人たちは慌《あわ》て始めた。

「な……っ、危ないですよ！」

「やめたほうがいいですって……！」

「おらはもう、ほだに長ぐはねぇ。んだから、おらでこの薬を試すんだ」

おじいさんが淡々と告げると、村人たちは私をギロッと睨《にら》みつけた。

「もしものことがあったら、どうなるか分かってんだろうなぁ……!?」

ひぃぃぃっ！　私はおじいさんに薬を渡すと、ティアを連れて逃げるように村から飛び出した。

「あのおじいさん、大丈夫ですかね!?」

「わ、私の薬を信じよう！」

その夜はリュックサックを枕にして、原っぱで寝ることになった。うぅ、体がチクチクする。

それでも旅の疲れもあってか、すぐに夢の世界へと旅立ったのだった。


「ちょいと、あんたたち！　早く起きとくれ！」

「うぅ～ん？　いったいどうし……ギャッ！」

翌朝目を覚ますと、私とティアは村人たちに囲まれていた。男衆に担がれて、村の中へと連行されて行く。ま、まさか私たち、火炙りにされちゃうのでは!?

「うわーんっ、下ろしてくださーい！」

「じっとしてください！　長老があなたたちをお呼びです！」

目を丸くしていると、彼らは私たちを担いだまま、村の最奥部にある家へと入って行った。

「おお。来だが、おめだつ。おめの薬飲んだら、とぐど楽になって咳も出ねぐなった」

そこには、昨日よりも顔色がよくなっているおじいさんが座っていた。イーナ村の長老様だったんだ！

「本当ですか!?　よかったー！」

私が表情を明るくすると、長老は頭を深々と下げた。

「村人がおめだつを悪ぐ言って、ほんにすまねがった。この通りだ、許してぐれ。……それで、おら以外の病人にも、薬を飲ませてぐれねぇか？」

「そんな謝らないでください。たくさん作ってありますので、どうぞどうぞ！」

長老がたった一晩で快復したことは、たちまち村中に広まり、多くの村人が薬を求めて長老の家へやってきた。

「昨日は酷《ひど》いことを言っちまって、すまんかった。だから頼む、ばあさん。俺にも薬を分けてくれ！　おふくろが病気で苦しんでんだ！」

「はい、こちらです！　一日三回、食後に飲んでください」

「ねぇ、お孫さん。おばあさんのお薬、うちにもくれないかしら？」

村の奥さんがティアに薬をお願いする。

「ブフォッ。ぷくく……どうぞどうぞー！」

コラ、ティア！　私の孫に間違われて、笑ってるんじゃないよ！　まぁ何はともあれ、長老のおかげで他の患者も、無事に薬を飲んでくれそうだ。

「レイフェルおばあちゃん、ありが……おばあちゃん、お髭《ひげ》なくなってるよ!?」

安堵《あんど》しながら薬を村人に渡していると、突然子どもが驚いた表情で指差す。すぐに私は自分の顎《あご》を触ってみると、確かにツルツルしている。床を見下ろすと、髭《ひげ》が三つ編みのままポトリと落ちていた。長いようで、短い付き合いだったなとちょっとだけしんみりしていると、村人たちがなんだかざわざわし出す。

「薬師様が若返りおった……」

「まさか、若返りの薬まで作れちまうのかい!?」

誤解です!!　とツッコもうとしたとき、長老が顎《あご》をさすりながら問いかける。

「おめだつ、そもそも何しにこの村さ来たんだ？」

何しにって……ハッ、薬草を摘《つ》みに来たんだった！　本来の目的をようやく思い出して、慌《あわ》てて長老に事情を説明する。

「ほ、ほいな大事なごと、忘れだらダメだべや！　おめだつは、この村の恩人だ。薬草だら好ぎなだけ摘《つ》んでげ」

「あ、ありがとうございます、長老！」

長老からありがたいお言葉をいただいたので、私たちは早速森へと向かう。

たどり着いた先で薬草をぶちぶちと引き抜いていると、後ろからツンツンと肩をつつかれた。

「どうしたの、ティア……」

くるっと振り向くと、木のツタがうねうねと動いている。

「な、何これ!?」

目をぱちくりさせていると、それが私の体に巻きついてきた。

「ギャーッ！　レイフェルさん、なんですかこれー!?」

ティアも同じように捕まっている。そしてふたり一緒に、どこかへとポーンと投げ飛ばされてしまった！

「「ギャアアアアッ!!」」

青い空。白い雲。そして宙を舞う私たち。森を越えて、断崖絶壁に囲まれた谷へと落ちて行く。

ああ、最期にアルさんに会いたかったな……

死を覚悟して目を瞑ると、ポヨヨ～ンと柔らかくて弾力のある物体に着地した。

「え……？」

恐る恐る瞼《まぶた》を開くと、私たちは巨大な白いキノコの上にのっていた。周囲をキョロキョロと見回すと、切り立った岩壁に囲まれている。

「レ、レイフェルさん、あれ……！　あの鹿、なんか背中から羽が生《は》えてません？」

ティアが指差した先で、鹿が雑草をモシャモシャと食べていた。私たちが呆然《ぼうぜん》としていると、鹿はこちらをチラッと見て、ニィ……と笑みを浮かべる。そして羽を大きく広げて、どこかへ飛び

立って行く。

「今のはいったい……」

羽の生《は》えた鹿に気を取られていたが、他にも変な生き物がいっぱいいる。ダイアモンドのような結晶が背中から生《は》えている巨大なトカゲや、長い耳を風車のように回転させ浮き上がり、木の実を採っているウサギ。生《は》えている植物も、私がこれまでの人生で一度も見たことないものばかりだ。

「ミャア〜」

「わぁーっ！　この子、めちゃめちゃ可愛い……！」

一匹の子猫が、ティアの足元にすり寄ってきた。青い瞳にベージュ色の毛並みで可愛い。よく見ると尻尾の先端が白く光っている。

「ウニャウニャ」

「あははっ。私は食べ物じゃないよ〜」

子猫にあぐあぐと指をかじられても、ティアは笑って好きにさせている。いいなぁ、私も小動物と戯れたい。他にも可愛い動物がいないかと、辺りを探しているときだった。

「……あれ？　今、あそこの草むら、何かキラッと光った？」

まるで引き寄せられるように近づくと、こんもりとした茂みがあった。そこをそっと掻き分けてみる。

「な、なんじゃこりゃ!?」

なんと、銀色に輝く薬草が一本だけ生《は》えている。あまりにキラキラ光っているので作り物かもと疑って葉っぱを撫《な》でると、ふにゃっと柔らかい感触が返ってきた。つ、作り物じゃない……

「ティア！　なんかすごい薬草があったよ！」

「うりゃうりゃ、食らえ～！」

「ニャハハハ」

慌《あわ》ててティアに報告するけれど、子猫を撫《な》でくり回していて気づいていない。子猫も、満更でもない様子でお腹を見せている。ふんだ、私は薬草とイチャイチャするもんね！

「よい……しょっと」

銀色の薬草を慎重に根っこごと引き抜くと、根の部分までキラキラしていた。太陽にかざしながら薬草をじっくり観察していると、何やらお腹に圧迫感が。

「ん……？」

視線を下に向けると、木のツタが自分のお腹にシュルリと巻きついている。次の瞬間、先ほどと同じように、ポーンッと大空に向かって投げ飛ばされてしまった。

「ま、またぁぁぁぁっ⁉」

岩壁を軽々と飛び越えて、鬱蒼と生い茂る森を通過する。

「ぐえっ」

「ぐはっ」

私は積み上がった藁の山へと顔から突っ込んで行った。ティアも別の藁山に落ちてきて、すぐにガバッと起き上がる。

「薬師様が空を飛んで来たー!?」

近くにいた村人が目を白黒させている。どうやらイーナ村に帰ってこれたみたいだ。はぁ、今度こそ死ぬかと思った……

「び、びっくりしたぁ〜。レイフェルさん大丈夫ですか？　今のなんだったんですかね……」

疲れたような表情で溜め息をつくティアは、顔も服も藁まみれだ。

「大丈夫……って、ん？　ティアの胸……なんかおっきくなってる！」

「えっ、本当ですか!?」

ティアが明るい表情で大きく膨らんだ自分の胸元を見る。すると突然ティアの胸が、もぞもぞと動き出した。

「ウワーッ！」

「や、やだーっ！　私を見捨てないでくださいよー！」

素早くあとずさりした私に向かって、ティアが手を伸ばしていると。

「ウニャア」

先ほどティアに懐いていた子猫が、服の中からぴょこんと顔を出した。

「「あああぁ――――っ!?」」

ふたりの絶叫が、青空に響き渡る。

「ど、どうしましょう、レイフェルさん！」

「ど、どうしよう!?　もう一度、あそこに行く方法なんて分かんないよ」

ティアと一緒に、この子をどうやって森に戻そうか必死に考える。そもそも木のツタで飛ばされてあの場所に行けただけで、普通に歩いて行くのは無理だろう。それに。

「……ねぇ。この子、もしかしたら神獣とかじゃない？」

「し、神獣⁉　何ですかそれ⁉」

「えーと……神様の力を持った特別な動物ってことだよ！」

「た、確かに。尻尾が光る猫なんて聞いたことないですもんね！」

「ニャア～」

すごい子を連れてきちゃったかも。とりあえず私たちは、イーナ村の長老にこの子を見せに行くことにした。

「おめだつ、その猫はなんだ？」

長老の家に行くと、長老は村のおじいさんやおばあさんたちと一緒に、のんびりとお茶を飲んでいた。

「じ、実はですね……」

薬草摘《やくそうつ》みをしている最中に、突然不思議な場所へ飛ばされたことや、そこにいた猫を連れてきてしまったことを語る。長老たちは目を大きく見開いたまま黙り込んでしまう。すると村人のひとりが、ふいに小さな声で呟《つぶや》いた。

「やはり、この村に神の使いがやってきたのか……。まさか生きているうちに見れるとは思わなかったねぇ」

か、神の使い？　首をかしげると、長老がおもむろに口を開いた。

「恐らぐ、おめだつが行ったのは『聖域』だべな。村人ですら近づぐごどができねぇどごだ。木の精霊が、おめだつをそごさ運んでけだんだべ」

「聖域……？」

そんなにすごい場所だったんだ。私はティアが抱っこしている子猫へ熱い眼差《まなざ》しを向ける。やっぱりこの子は、神獣なんだ！

「長老！　この猫ちゃん、私たちが連れ帰っていいですか？」

「その小せぇのか？　別さ構わねぇぞ」

「へっ？　あ、ありがとうございます」

あっさりＯＫをもらっちゃった。この辺りじゃ、神獣なんて珍しくないのかな……

「わーい！　ありがとうございます。猫ちゃん、よろしくね！」

「ニャーン！」

まあ、ティアと子猫が喜んでいるからいいか。

「そういえば、これも採ってきたんです。この薬草で、何か薬が作れるような気がするんです。試してみてもいいですか？」

私はワンピースのポケットから、銀色の薬草を取り出した。木のツタに投げ飛ばされたとき、必死に握り締めていたのだ。

「ほんだら作ってみろや。うぢの台所貸してけっから」

長老の許可をもらい、早速台所へ移動する。まずはすりこぎで薬草をすり潰して……潰れない？

「んぎぎぎ……っ」

「ここは私の出番ですね！　んぎぎぎ……っ」

私の代わりにティアが潰そうとするけれど、全然ダメ。だったらお湯攻めじゃ！　じっくりと茹でて、柔らかくしてやる！　ぐつぐつと沸騰している鍋の中へ、薬草をポチャっと投入。

「どのくらい煮込めばいいのかなぁ……」

「……レイフェルさん、お湯がどんどん減ってません？」

ティアが顎《あご》に手を当てながら言う。たっぷりお湯を沸かしたはずなのに、ものすごいスピードで量が減っていく。一方、薬草の葉っぱはぷっくりと膨らんでいる。薬草がお湯を吸い込んでる？

一旦、取り出そうと、レードルでお湯の中からすくい取ろうとした瞬間。

「ウギャーッ！」

突如《とつじょ》、鍋が強く光り出す。あまりの眩しさにティアと慌《あわ》てて鍋から離れると、光はすぐに消えた。

薬作りのときに鍋が光るのはよくあるけれど、こんなに強く光ったのは初めてだ。聖域の薬草だから、特別な性質でもあるのかなぁ。

「薬草は……？」

恐る恐る鍋へ近づいて、中を覗き込んでみると、薬草とお湯がなくなっている。その代わり、銀色の液体が鍋底にほんのちょこっとだけ残されていた。

「これ……薬ですか？」

「うーん、どうなんだろう」

ティアがぽかんとした顔で私に尋ねるが、まったくわからない。液体を小瓶に移し替えて、長老に一連のことを説明する。

「ほー……これがその薬なのが？」

「はい。薬なのかさえ、よく分からないんですけど……この村で採れた薬草で作ったものですし、何かの役に立つかもしれませんから受け取ってください」

長老は私の顔をしばらく見つめたあと、ゆっくりと瞼《まぶた》を閉じて語り始めた。

「いいが、薬師。おめが採ってぎだ、あの薬草はな――」


翌日。私とティアは、イーナ村を旅立つことになった。

「皆さん、本当にお世話になりました」

「礼言うのはこっちだ。おめのおがげで、この村は救われだ」

私たちがペコリとお辞儀をすると、長老は優しい声でそう言った。

「お姉ちゃんたち、行っちゃうの？」

「寂しいよー！」

子どもたちが、泣きそうな顔でしがみついてくる。うう、ごめんよ。またいつか会いに来るからね。

「ニャーン」

ティアが抱っこする神獣の子猫もイーナ村のみんなにお別れを告げるように鳴く。

「それじゃあ、さようならー！」

村人たちに手を振りながら、村をあとにする。リュックサックには昨日摘《つ》んだ薬草がぎっしり詰まっている。これでヘルバ村に戻ったら、たくさん薬が作れるはず。

陽気な気分で川辺を目指して歩く。

するとその途中で、ティアがぼそっと呟《つぶや》いた。

「帰りも川を渡らないといけないんですよね。……またジョージと？」

不安そうなティアの言葉に、私にも緊張が走る。まさか、そんな……

――ゴォオォオ……

川辺へと近づくにつれて、激しい水の音が聞こえてくる。

「ハーイ！」

ひとりの男が川に向かって勢いよく網を投げていた。

「ヒエ……ッ」

「しっ、見つかっちゃう！」

悲鳴を上げそうになった私の口を、ティアが慌《あわ》てて塞き、その場からそそくさと離れる。

「レイフェルさん、あれジョージじゃないですか！　イーナ村にもう一泊しましょうよ……！　このままだと、またジョージとの旅が始まっちゃいますよ!?」

「多分、私たちが来るのを待ってるんじゃない？　私たちが来ないと、ジョージさんも帰れないいんだよ!?」

イヤイヤと首を横に振るティアを引きずって、再び川辺へ向かう。するとこちらに気づいたジョージが、満面の笑みを浮かべながら手を振った。

「オーゥ。おふたりとも、待ってましたよー！　レイフェルさん、お髭《ひげ》なくなってまーす。寂しいですねー」

「……お、お待たせしました」

もう逃げられない。私たちがこの世の終わりのような顔をする中、ジョージの視線が子猫に向いた。

「この猫、非常食ですかー？　ンー、あんまり美味しくなさそうでーす！」

「ニャ？」

神獣に何てことを言うの、ジョージ！

「ささっ、早速カヌーに乗りましょうー！」

またあれに乗るのか……と早くもげんなりしながら、岸に停められているカヌーを見る。

「……ジョージさん、前に乗ったときよりも、ボロくなってません？」

私が尋ねると、ジョージは白い歯を見せながらニヤリと笑った。

「よく分かりましたねー！　実は昨日の夜、流木に激突されましたー！」

「の、乗っちゃって大丈夫なんですか!?」

「気にしない、気にしなーい！　さっ、この猫はワタシが預かりまーす」

ジョージは私たちを強引にカヌーへ押し込むと、当然のようにパドルを押しつけた。ジョージもカヌーの先頭に乗り込む。猫以外、何も持たずに。

「えっ、今回も私たちだけで漕ぐの!?」

ティアがぎょっとした声を上げる。

「おふたりとも、前回でカヌー漕ぎをマスターしましたから、心配いりませーん！」

「いや、でも今回は川の流れ、逆じゃん！　私とレイフェルさんだけじゃ絶対に無理！　一緒に漕いでよ！」

そう。この前は濁流《だくりゅう》と進む方向が同じだったから、（……ギリギリ）なんとかなった。だけど帰りは、多分なんとかならないと思う！

「オーゥ。鮭の気分になりながら、流れに逆らって漕いでくださーい」

「川に突き落とすよ、ジョージ!!」

「ここでワタシを突き落としたら、猫ちゃんも落ちてしまいまーす！」

くっ、子猫を人質にするなんて卑怯な……！

「もう！　虫でもリスでもいいから、料理はちゃんと美味しいのを作ってくださいよ!?」

「もちろんでーす！」

「……行くよ、ティアッ！」

「はい、レイフェルさんっ！」

こうして私たちは、ジョージへの怒《いか》りを糧に、カヌーを漕ぎ始めた。

そうして三日間に及んだ地獄の川上り。途中、何度も諦めそうになりながらも、私たちはどうにか帰ってくることができた。

「うわぁぁぁんっ、やったね私たちー！」

「生きて帰ってこれましたねー！」

わんわんと泣きながら、ティアと喜びを分かち合っていると、ジョージがスッ……と私に手を差し出す。

「ガイド料、七万五千イェーンくださーい」

「はぁっ⁉」

涙が一瞬で引っ込んだ。

「行きのときは五万イェーンだったのに、なんで値上げしてるんですか⁉」

「猫ちゃんの分でーす！」

「ぼ、ぼったくりじゃないですか！」

「そんなアコギな商売しちゃダメなんだからね！」

当然私とティアは猛抗議した。すると、ジョージは人差し指を左右に振りながら問いかける。

「ワタシの作るごはん、美味しかったでしょー？」

「「うん」」

「じゃあ、お金払ってくださーい！」

結局私たちは七万五千イェーンを支払って、ジョージに別れを告げた。

その日はイーナ村へ向かったときと同様に、例の大木の下で野宿をすることに。晩ごはんは水と小麦粉で作ったパンケーキもどきに、イーナ村でおすそ分けしてもらった木いちごジャムをかけてっと。それから、ジョージから貰《もら》ったお肉の燻製も。

「鶏のささみみたいで、美味しいですねー」

「ウニャー」

ティアと子猫は美味しそうにお肉を食べている。燻製を作る直前、ジョージが蛙を捕まえていたことはふたりには内緒にしておこう……。

そして翌日のお昼ごろ。私たちは、約二週間ぶりにヘルバ村へと帰ってきたのだった。

「ティア、その子のことお願いね！」

「へっ？　レイフェルさんどこに行くんですか？」

「アルさんのところ！」

ティアと猫ちゃんと別れて、すぐに蛇の集いの支部へ向かう。

「レイフェル様！　やっと会えた……！」

部屋に入った途端、二週間ぶりに再会した恋人に力強く抱き締められる。

「グエーッ！　……アルさん、ギブギブ！　苦しい苦しい、口から内臓が出ちゃう！」

背中をバシバシ叩くと、慌《あわ》てて離れるアルさん。

「あ！　も、申し訳ありません！」

その様子を見て、ハルバートさんがニヤニヤしている。

「すまねぇな。こいつ、嬢ちゃんに会えなくて、ずっと寂しがってたんだよ。なぁ、アル？」

「はい……」

しょんぼりと項垂れるアルさんを見て、罪悪感で胸が痛んだ。すみません。あなたのことを完全に忘れてエンジョイしてました……と心の中で呟《つぶや》く。私はアルさんの頭を撫《な》でながら、薬草《やくそう》摘《づ》みのためイーナ村へ行ってきたことを話す。

「イーナ村⁉　あんなところまで行ってきたのですか⁉」

「嬢ちゃん、根性あんなぁ……というか、イーナ村のこと、誰に教えてもらったんだ？」

ふたりがぎょっと目を丸くする。

「えーと……本を読んで、イーナ村のことを知ったんです！」

サラさんに迷惑をかけたくなくて、私は咄嗟《とっさ》に誤魔化した。すると、アルさんが口を開く。

「そうでしたか……。その土地開発の件ですが、蛇の集いにも通達は来ていました。もちろん我々も、森の伐採は到底見過ごせません。本日ボラン侯爵の元へ出向いて、直談判するつもりです」

「だ、だったら私も連れて行ってください！」

私は頭を深く下げて、アルさんに頼む。イーナ村から摘《つ》んで来た薬草にも限りがあるし、やっぱり伐採は中止させなくちゃ。

「もちろんです。村の住人であるレイフェル様には、抗議する権利がありますからね」

「そんじゃ、早速行くとすっか！」

三人で大きく頷《うなず》き合って蛇の集いの支部をあとにする。そのとき、サラさんが私に向かって手招きをしているのに気がついた。

「すみません。ちょっとだけ待っててください」

アルさんに一声かけてから、私はサラさんへと駆け寄った。

「サラさん、ただいま！」

「おかえりなさい、レイフェル様。イーナ村はどうでした？」

「とってもいい場所でした。薬草もたくさん摘《つ》んで来れましたし！」

「それはよかったです。……ひとつお伺いしたいのですが、あの村で何か変わった薬草を手に入れてませんか？」

サラさんは声をひそめ尋ねる。変わった薬草……私は少し考え込んだあと、首を横に振った。

「いいえ。特に変わったものは、ありませんでした」

「……そうですか」

サラさんは少し間を置いて、小さく相槌を打った。

「なんだかがっかりさせちゃったみたいで、すみません……」

「い、いいえ、そんなことありません。レイフェル様がご無事で何よりです」

サラさんは慌《あわ》てて言うと、私の両手をぎゅっと握りながら微笑んだ。私がいつまでも帰ってこないから、心配していたんだろうな。ごめんね、サラさん。

それから数時間後、私たちはボラン侯爵の屋敷へとやってきた。絶対に説得してみせる……って意気込んでいたんだけど。

「ボ、ボラン侯爵。今なんと仰いました？」

「ですから、土地開発の計画は白紙になりました。当然森の伐採も中止ですよ、アレックス王子」

目をぱちくりさせるアルさんに、ボラン侯爵は刺々しい口調で告げた。ちゅ、中止とな？

「おいおい、どういう風の吹き回しだよ。あんた、ノリノリだったじゃねぇか」

ハルバートさんが腕を組みながら問うと、ボラン侯爵はわざとらしく肩をすくめた。

「乗り気なわけがあるか。あんなド田舎に、商業施設なんぞ作ってどうする」

ド田舎とは失敬な！　と文句を言いそうになるのをぐっと堪える。

「でしたら、なぜこのような計画を立てたのですか……」

アルさんが呆《あき》れた様子で溜め息をつく。するとボラン侯爵は、不貞腐れたように語り始めた。

「ここだけの話、とある貴族に命じられていたのですよ。なのに突然、計画を取り止めるように言われてしまいましてね。推進派の一部は既にヘルバ村から出て行きましたよ……まったく、どういうつもりなんだか！」

ボラン侯爵はテーブルをドンッと叩く。

嵐のようにやってきて、嵐のように去って行った推進派たち。

計画が中止になったなら私はそれでいいけれど、ボラン侯爵に命令したってことは相当地位が高い貴族なはず。それが誰なのか気になったが、ボラン侯爵は明かそうとはしない。

それに土地開発はなくなったけれど、大聖堂の建設計画は進行中で敷地も確保済みなのだとか。

いったい何のために……？

◆　◇　◆

一方、そのころイーナ村では。

「あのレイフェルって薬師、やっぱり薬神《やくがみ》の使いだったんだなぁ」

「そうだねぇ。まさか聖域に行っちゃうなんて……おや。どうしたんだい、長老？」

顎《あご》に手を当てて首をかしげている長老に、村人のひとりが声をかける。

「いや、あいづら……なんであんな猫、大事そうに連れ帰ったんだべ？」

「さぁ……？」

長老の疑問に答えられる者は、誰もいなかった。

第五話　珍獣騒動

「おお～、これが神獣か。初めて見たぞぃ！」

イーナ村から戻ってきて数日後。私とティアが連れ帰った子猫は、村長の家で飼われることになった。

艶やかな黒髪がすっかり抜け落ちて真っ白に燃え尽きていた村長は、子猫が神獣だと知った途端、元気を取り戻した。ちょっと責任を感じていたから安心したよ。いや、村長の自業自得だったんだけどね。

そして神獣見たさに、村長宅に集まる村人たち。

「おおっ。すげぇ、尻尾が光ってるぞ！」

「こんなちんちくりんに見えても、神獣なんだねぇ」

「この子には、うちの村を守ってもらいましょうよ」

「ニャハー」

みんなにもてはやされて、ご満悦な様子の子猫。

「村長、この子に何て名前をつけるんですか？」

「んー……ポチとかでいいかのぅ？」

私が子猫の頭を撫《な》でながら尋ねると、適当な答えが返ってきた。

「ポチィ!?」

「神獣なんだから、もっと真剣に考えなよ！」

「村長に任せちゃダメだ！　俺たちで考えよう！」

こうして村人たちが話し合った結果、子猫は『クラリス』と名づけられたのだった。

「はーい。クラリスちゃん、ごはんですよー」

「ウニャーン！」

クラリスは神獣として破格の待遇を受けていた。

毎日丁寧にブラッシングされているので、毛並みはいつもツヤツヤ。餌は高級猫缶ばかりで、安っぽいカリカリを与えることは禁止されている。

「ニャニャーン」

「腹が減った？　でも、さっきご飯食べてなかったか？　それに、勝手に餌をあげるなって言われてるしなぁ……」

「ミィ……ミィ……」

「し、仕方ねぇな。みんなには内緒だからな！」

クラリスはとても食欲が旺盛で、いつも誰かに餌をねだっている。

クラリスのおねだり攻撃に屈して、こっそり餌を与えてしまった人は数知れず。実は私も一度だけ猫缶をあげちゃいました……

「ミャア～ン」

「餌ならやらないよ。食ってばっかいないで、オモチと走ってきな！」

メロメロになっているヘルバ村の住人の中で唯一サマンサおばあさんだけはクラリスに厳しかった。クラリスも、渋々オモチと追いかけっこをしている。

「ナァン……」

とまあ、時には甘く、時には厳しく育てられていく小さな神獣。

「ウニャァァン」

そして一ヶ月後には、大型犬サイズぐらいに成長していた。

「でかすぎじゃね？」

村人の誰かがそう言った。だけど神獣なんだから、このくらい成長するのかもしれない。みんな、そう思い込もうとしていたとき。

「クラリスがのぅ。最近、畑を荒らしにやってきた猪《いのしし》やキツネを仕留めて、家の前に運んで来るんじゃよ……」

村長が困った様子で、クラリスの奇行を語る。よく狩猟に連れて行ってるらしいから、村長の真似をしているのかもしれないけど……

「のぅ、レイフェルさんや。あの猫、神獣っぽくないんじゃが」

ついに村長が、禁断の一言を発した。

「な、何てことを言うんですか！」

「神獣ってもっと高貴なもんじゃろ？　あやつを見てみぃ」

村長は、クラリスのほうをチラリと見た。

「ニャハッ、ニャハッ」

クラリスは村長の奥さんがぶんぶんと振り回す猫じゃらしを捕まえようと、ピョンピョンと跳び跳ねていた。目はキラキラと輝いていて、尻尾をピーンと立てている。その姿はなんだか……

「バカっぽいじゃろ？　神獣じゃなくて、珍獣じゃないかのぅ……」

訝《いぶか》しげに顎《あご》をさすりながら、村長がぼそっと呟《つぶや》く。

「そんなことはない……と思います！　あ、あの子は尻尾が光るんですよ！　絶対普通の猫じゃないですって！　イーナ村の人たちも神の使いって呼んでましたし……」

私は拳を握り締めて、力強く否定する。一瞬、村長と同じことを考えてしまったけど！

「大変よ、レイフェルさん！　クラリスの尻尾、急に光んなくなっちゃった！」

突然奥さんが目を大きく見開きながらそう叫んだ。素早く視線を飛ばすと、猫じゃらしを前脚でバシバシと叩くクラリスの尻尾の光が消えちゃってる！

「ど、どゆこと!?」

これじゃあ、ただの食い意地が張ってるデカい猫だ。まさかの事態に私は文字通り頭を抱える。

すると、ひとりの村人が村長の家に慌ただしく飛び込んで来た。

「レ、レイフェルさんはいるか!?　クラリスの正体が分かったぞ！」

「えっ!?」

「うちの親父が持ってる古い本に、あいつのことが載ってたんだよ！」

村人が持ってきた本の表紙には、珍獣大図鑑と書かれていた。何その本⁉

パラパラとページを捲《めく》ると、紹介文つきのイラストがたくさん載っている。宙に浮かぶクラゲ、耳を回転させて飛行するウサギ……

「あっ。これだよ、これっ」

村人が大きな声を上げて、あるページをビシッと指差す。

そこには髭《ひげ》がモサァ……と生《は》えた、巨大な猫が描かれていた。そして縞模様の尻尾の先端が、ぼんやりと白く光っている。

「おお、まさしくクラリスじゃのぅ！」

脇から本を覗き込んだ村長が、深々と頷《うなず》く。

「こいつ、アンコウ猫って種類の猫なんだってさ」

クラリスと図鑑を交互に見ながら村人が告げる。

尻尾の光は、暗闇で獲物を誘《おび》き寄せるための器官らしい。その習性が深海魚のアンコウにそっくりなので、この名がついたそうな。なんて安直なネーミングセンス。

これでクラリスの正体が分かったわけだけど、ひとつ疑問が残る。

「で、でも、どうして光らなくなったんでしょうか？」

ごはんをたくさんあげすぎて、病気になっちゃったのかな。私がクラリスの顔を覗き込んでいると、村人は冷静な口調で紹介文を読み上げた。

「餌を探す必要がなくなると、この器官は自然に退化していくそうだ」

つまりそれって、私たちが存分に甘やかしまくったせいなんじゃ……？

そしてクラリスの行く末を巡って、村人たちによる緊急会議が開かれた。

「珍獣なら森に放すかのぉ？」

神獣じゃないと分かった途端、クラリスの扱いが雑になる村長。いつもなら人の手で育てた獣を、森に放すわけにはいかないとか言いそうなのに……

しかし、村人たちはそれに猛反対する。

「今さら野生に帰したら、可哀想だろ！」

「あやつ、猪《いのしし》も仕留めるんじゃぞ？　自然の中でも、上手くやっていけると思うんじゃが」

村長のこの発言は墓穴を掘る結果となった。

「そういえば、最近畑が害獣に荒らされることがなくなったな」

「クラリスを怖がって、近づかなくなっちゃったのよね」

「あいつ自体は肉食だから、畑を荒らすことがないし……」

「鹿を狩ってくるだけの村長よりも、猫のほうが役に立ってるねぇ」

……というわけでクラリスは、引き続きヘルバ村で飼われることになった。

第六話　ヴァリエル侯爵

「よぉ、嬢ちゃん。元気にしてっか？」

珍獣騒動が収まった数日後、ハルバートさんが薬屋にやってきた。

「こんにちはー。ハルバートさんがひとりで店に来るなんて珍しいですね」

「今日は、嬢ちゃんと弟子っこに話があってきたんだよ」

頬《ほほ》を掻きながらハルバートさんが答える。

「へ？　私もですか？」

モップで床掃除をしていたティアが、自分を指差す。

「おう。嬢ちゃんたちは、ヴァリエル侯爵のことは知ってるか？」

「ヴァリエル……侯爵？」

社交界に疎《うと》いティアは、きょとんと首をかしげた。その反応にハルバートさんが小さく笑う。

「歳の離れた俺の友人だ。上質な茶葉が手に入ったんで茶会に来ないかって、あのオッサンから手紙が届いてよ。それでだ。もしよかったらなんだが、嬢ちゃんと弟子っこも俺と一緒に来ないか？」

「「私たちも!?」」

まさかのお誘いに私とティアは大きく仰け反った。ヴァリエル侯爵は他国の王侯貴族とも親交が深いって聞いたことがあるけれど、ハルバートさんとも仲良しなんだ……

「誰か友人を連れてこいって書いてあったんだが、誘える奴なんて嬢ちゃんたち以外でいねぇんだよ。アルには研究で忙しいって断られちまって……なんとかよろしく頼む！」

そう言って、両手を合わせるハルバートさん。……しょうがないなぁ。

そんなわけで私とティアは、ハルバートさんに連れられてヴァリエル侯爵の屋敷にやってきた。

広い庭園には色とりどりの薔薇《ばら》が咲いていて、風に乗って甘い花の香りが漂ってくる。色んな庭園を見てきたけれど、ここのお屋敷が一番お洒落《しゃれ》かも！

「ようこそ、ハルバート様。お待ちしておりました」

メイドたちが笑顔で出迎え、広間へ案内する。廊下にはたくさんの風景画が飾られていて、どれも繊細な筆遣いで描かれていた。

「わふっ！」

美しい絵に見惚れながら歩いていると、急に立ち止まったハルバートさんの背中に顔をぶつけちゃった。

「大丈夫か、嬢ちゃん。広間に着いたぞ」

「ず、ずみませぇん……」

強打した鼻を押さえながら広間を覗き込むと、ひとりの男性がこちらに歩み寄ってきた。

「久しぶりだな、ハルバート。少し見ないうちに、また背が伸びたんじゃないか？」

聡明な顔立ちをした金髪のおじさまだ。背もすらりと高くて、目尻に刻まれた皺が大人の色気を醸し出している。

「俺の成長期はとっくに終わってるよ……」

ハルバートさんは呆《あき》れ気味に返すと、私とティアに視線を向けた。

「紹介するぜ。このオッサンがヴァリエル侯爵だ」

「は、初めまして。レイフェルと申します」

「ティ、ティアと申します！」

私たちが緊張しながら自己紹介をすると、ヴァリエル侯爵は満足げに口角を上げた。

「まさか本当に、こんなに可愛らしいお嬢さん方を連れてきてくれるなんて、やるじゃないか、ハルバート！　頼んでみるものだ」

あれっ、ハルバートさんやなんか話おかしくない？　そういえばヴァリエル侯爵って、巷じゃ女好きって噂されているんだっけ……

目を丸くしてハルバートさんに視線を向けると、そっぽを向かれた。ティアもジト目で彼の脇腹を何度もツンツンしてる。そんな三人の様子を見て、ヴァリエル侯爵は口元に手を当てながら笑い声を漏らした。

「君たち面白いな。さあ、早速茶会を始めるとしようか」

テーブルに着席すると、メイドたちが次々とティーカップやお菓子を運んで来た。

スコーンにケーキ、クッキー……全部美味しそう。ティーカップに注《そそ》がれた紅茶は、深みのあるオレンジ色で、甘くて爽《さわ》やかな香りがする。

「それでは、いただきます……」

ふぅふぅと息を吹きかけ一口飲む。濃厚なコクと上品な渋み、そして果物に似た風味が口いっぱいに広がる。こんなに美味しい紅茶は初めて！

お次は滑らかな舌触りのクロテッドクリームを添えたスコーン。表面はサクッと、中はしっとり濃厚に仕上げたガトーショコラ。お菓子も美味しすぎて、いくらでも食べられちゃう。

幸せな一時《ひととき》を満喫していると、ヴァリエル侯爵がじっと私を見ていることに気づく。

「君は確かレイフェルと言ったかな。ハルバートが時折話していた、天才薬師とはもしかして君のことかな？　まさかこんなに可憐な女性だとは思わなかったよ」

ヴァリエル侯爵は頬杖《ほおづえ》をつくと、目をうっすらと細めた。

「か、可憐だなんてそんな〜！」

ストレートな褒め言葉に、私は両手を頬《ほほ》に当てながら体を揺らした。

「おい。嬢ちゃんには手を出すなよ、ヴァリエル侯」

「まあまあ。いいではないか、少しくらい。前々から彼女に会ってみたいと思っていたんだ。レイフェル君、これから私とデートに行かないかい？」

「むぐっ⁉」

ヴァリエル侯爵からのまさかのお誘いに思わずむせてしまう。

「ダ、ダ、ダメですっ。私には心に決めた相手がいるんですからっ」

「アレックス王子のことだろう？　それもハルバートから聞いているよ」

両手を突き出しながら首をブンブンと横に振る私に、ヴァリエル侯爵がサラリと告げる。

「私はただ、君と食事をして、街を歩きたいだけだよ」

「う……」

私は助けを求めるように、ティアとハルバートさんへと視線を向けた。すると「諦めろ」とでも言いたげに、ふるふると首を横に振るふたり。コラッ、匙を投げるんじゃない！

「さあ行くよ、レイフェル君」

「むぐぐ……」

誰も助けてくれない……

こうして私は、なぜかヴァリエル侯爵とデートをすることになってしまった。

馬車にのって連れてこられたのは、とあるレストラン。

「お待たせいたしました。仔牛のヒレステーキでございます」

ウェイターがワゴンで運んで来たのは、真っ黒な鉄板だった。その上でじゅうじゅうと音を立てているお肉。周りにはコーンや人参もたっぷり添えられている。

「いっただきまーす！」

目をキラキラと輝かせながら、ナイフでお肉を切っていく。ほんのりと赤みが残っている断面をじーっと見てから口に運んでいく。

「ん〜……！」

パクッと頬張《ほおば》ると、私は感動で身をプルプルと震わせた。柔らかいお肉を噛み締めると、じゅわっと溢《あふ》れ出す旨みと肉汁！　ちょっぴりスパイシーなグレイビーソースが、お肉の美味しさを何倍にも引き立たせている。一口サイズにちぎった白パンに、バターをたっぷり塗って、ぱくり。ふっくら柔らかで優しい味がする。

「ふぅ……」

お肉や野菜の旨みが溶け込んだ、黄金色のコンソメスープを飲んで、私はようやく一息ついた。

「パンとスープは、おかわり自由だよ」

ヴァリエル侯爵は向かい側の席でコーヒーを飲みながら、穏やかに微笑んでいた。

「ヴァリエル侯爵は召し上がらないんですか？」

「私はこの歳だからね。若いころに比べて、食が細くなってしまったよ」

私だけ食べちゃって、なんだか申し訳ないな。でも、せっかくご馳走してくれたんだから、ありがたくいただこうっと！

お肉を食べ進めながら店内を見回すと、貴族だけじゃなくて平民のお客様もちらほら。料理は一流のレストランにも引けを取らない高級感が漂っているんだけど、お店の内装がシンプルで落ち着いた雰囲気なので、みんなゆったりと心地よさそうに食事を楽しんでいる。

「しかし君は、本当に美味しそうに食べるな」

「だって、牛のお肉を食べるのは久しぶりですから！　ここ最近、リスとか蛙とか食べてたし……」

「リスと蛙？」

ヴァリエル侯爵が目を見張る。し、しまった！　ドン引きされちゃった!?

「食用の蛙は聞いたことがあるが、リスも食べられるとは知らなかったよ。いったい、どんな味がするんだい？」

おろおろしながら弁解しようとすると、ヴァリエル侯爵はずいっと顔を近づけてきた。

「えーと……ほんのり木の実みたいな風味があって、歯応えのあるお肉でした。とっても美味しかったです」

リスだけじゃなくて、蝉《せみ》も食べさせられたことは黙っておく。スープの中から出てきた黒い翅《はね》を思い出して、軽く身震いを起こした。

「なるほど。私も機会があれば、食べたいものだな」

ヴァリエル侯爵は首を縦に振りながら、声を弾ませて言った。そんな機会、来ないほうがいいと思います。

ステーキをペロリと完食して、おかわりしたパンとスープも綺麗に食べ尽くしたあとは、雑貨屋さんへ。お店に飾る置き物が欲しいと思ってたんだよね。ガラスで作られたお花なんて可愛いかも。

「それが欲しいのかい？　それじゃあ、私が買ってあげよう」

「えっ。そ、そんな、自分で買えますから！」

「こらこら。こういうときは、素直に甘えるものだよ。他にも欲しいものはあるかな？」

「でしたら、あの赤い花も……」

ヴァリエル侯爵の甘い言葉についつい流され、結局たくさん買ってもらっちゃった。流石《さすが》、女性の扱いに手慣れてる……

それから雑貨屋を出て、私とヴァリエル侯爵は馬車に乗り込んだ。

「そろそろ屋敷に戻ろうか。ハルバートたちが心配しているだろうからね」

「はぁ……」

心配してるかなぁ。いや、ふたりとも呑気にお菓子を食べている気がする。

「……ああ、そうだ。最後に一ヶ所だけ立ち寄るところがあるんだ。いいかな？」

「どうぞどうぞっ」

私はコクコクと頷《うなず》いた。すると馬車は賑やかな街中を抜けて、人通りの少ない道を走り始めた。

え……どこに向かってんの？

「ヴァ、ヴァリエル侯爵？　これから私たちが行くところって……」

「まあ、行けば分かるさ」

ニイ、と怪しい笑みを浮かべるヴァリエル侯爵。膝の上に置いた手をぎゅっと握り締めていると、馬車はベージュ色の屋敷の前で停まった。

「ここだよ。さあ、早く降りて」

「はい……」

消え入りそうな声で返事をしながら、ヴァリエル侯爵の手を取って、ゆっくりと馬車から降りる。

すると敷地内から、賑やかな声が聞こえてきた。

ヴァリエル侯爵と一緒に進んでいくと、子どもたちが庭で元気そうに走り回っている姿が目に入ってきた。だけど、みんな歳はバラバラ。もしかして……

「ここって……孤児院ですか？」

「その通り」

ヴァリエル侯爵は短く相槌を打つと入口へと向かった。私もそのあとを追う。

「お待ちしておりました、ヴァリエル侯爵様」

出迎えた女性の職員は、ヴァリエル侯爵を見るなり深々とお辞儀をした。

「ああ。いつものように、見回らせてもらうよ」

「は、はい。よろしくお願いいたします」

はて、これはいったい……？　とパチパチと瞬きをしていると、ヴァリエル侯爵が私へと振り向いた。

「私はこの孤児院に運営費を寄付していてね。月に一度、こうして視察に来ているんだ」

「そういうこともされているんですね……」

「経営難で潰れそうになっていたんだよ。放っておくわけにはいかなかった」

「ヴァリエル侯爵、めちゃくちゃいい人じゃないですか！」

「いや。こんなの、ただのはした金だよ。私は院内を見回ってくるから、レイフェル君は応接間で待っていてくれ」

私から視線を逸らしながら答えるヴァリエル侯爵。ひょっとして、少し照れてる？

「分かりました。それじゃあ、行ってらっしゃいませ」

私はヴァリエル侯爵にペコリと頭を下げて、職員に案内されて応接間にやってきた。

そこでお茶を飲みながら、のんびり待っていたんだけど……暇だ。特にすることもなくて、ソファーにもたれながら足をブラブラとさせる。

ちょっと建物の中を探検してみようかな。ヴァリエル侯爵も当分迎えに来ないだろうし。お茶を全て飲み干すと、私は応接間を抜け出した。孤児院の中には食堂や談話室だけじゃなくて、勉強部屋なんかもある。ちらっと中を覗いてみると、子どもたちが職員に文字の書き方を教わっていた。

「おねえさん、こんにちは！」

「こんにちはー」

元気よく挨拶《あいさつ》をする子どもたち。うんうん、いい子たちだ。あの子たちは様々な事情でここにやってきたのだと思う。それでも明るく元気に振る舞うその姿は、なんだかとても眩しく見える。

「うわぁぁぁんっ！　痛いよーっ！」

突然、子どもの泣き叫ぶ声が聞こえてきた。声がした方向へ慌《あわ》てて向かうと、医務室に辿り着いた。

「やだやだ！　それ、塗らないでーっ！」

「ご、ごめんね。ちょっとだけ我慢してて」

白衣を着た職員が、わんわん泣いている男の子の膝に軟膏《なんこう》を塗っている。転んじゃったのか、膝はすり剝けて赤く滲《にじ》んですっごく痛そう。

「……むむ？」

軟膏《なんこう》が入っている容器を見て私は眉を顰《ひそ》めた。確かあの軟膏《なんこう》って、塗るとすごく沁みるって言われている種類だ。しかもその割りには効き目はイマイチ。そりゃ子どもも泣いて嫌がるわけだ。

よく見ると、医務室のベッドは全て埋まっていた。みんな顔色が悪くて、辛《つら》そうだな……呟き込んでいる子もいる。

「……ここで使われている薬は、質があまりよくなくてね。病気に罹《かか》って薬を飲んでも、治りが遅いんだ」

医務室の様子を眺めていると、いつの間にか後ろにヴァリエル侯爵が佇んでいた。

「えっと……なんとかいい薬を用意することはできないんですか？　ヴァリエル侯爵が業者に掛け合ってみるとか……」

「こういうことはね。金や権力があっても、なかなか解決できないのだよ」

ヴァリエル侯爵は腕を組みながら溜め息混じりに答えた。そしてもどかしそうな表情を浮かべて、医務室の子どもたちをじっと見つめている。

私は少し考えたあと、小さく手を挙げた。

「でしたら、私がこの孤児院の薬を用意します！」

「レイフェル君が？　そうだな……確かに、君の薬なら信頼できる。だが孤児院には、高額の報酬を支払う余裕などないよ。それでもいいのかな？」

ヴァリエル侯爵が私をじっと見据えて静かな声で問いかける。まるで、私を試しているかのように。

「それでも構いません。私は、ここにいる子どもたちを助けたいだけなんです」

私は自分の気持ちをはっきりと告げた。ヴァリエル侯爵は目を丸くして、おもむろに口を開く。

「……アレックス王子に相談することも考えていたのだがね。彼も研究で忙しいだろうから、言えずにいたんだ」

そこで一拍置いて、ヴァリエル侯爵はうれしそうに頰《ほほ》を緩めた。

「ありがとう、レイフェル君」


そしてその後、私はヴァリエル侯爵とともに再び馬車に乗ってヴァリエル邸に戻ってきた。

日は既にかたむいていて、夕空は鮮やかなマゼンタ色に染まっている。綺麗なんだけれど、ちょっと不気味で怖い。

「おかえりなさいませ、ご主人様」

玄関の前に黒い燕尾服を着た、若い金髪の青年が立っていた。ヴァリエル侯爵が近づくと、丁寧にお辞儀をする。

「なんだ、グレン。ずっとここで待っていたのか？」

「いいえ、つい先ほどハルバート様とお連れの方をお見送りしたところでした」

「えっ、ふたりとも帰っちゃったの⁉」

私が思わず声を上げると、グレンと呼ばれた青年は表情を変えずにコクンと頷《うなず》いた。

「『お菓子も食べ飽きたし、待ちくたびれたから帰る』とおっしゃっていました」

そ、そんな！　私ひとりで、ヘルバ村まで帰れと⁉

「ははは。あいつらしいじゃないか。心配いらない、ちゃんと馬車で村に送り届けてあげるから」

ヴァリエル侯爵はからからと笑って、私の肩をポンと叩いた。

「うぅっ、ありがとうございます……」

「ああ。そうだ、レイフェル君。君に渡したいものがあるんだ。グレン、彼女のことを少し任せるよ」

ヴァリエル侯爵がそう告げると、グレンさんはピクリと眉を動かした。

「レイフェル……？」

な、なんだろう、この反応。鋭い視線を向けられて、ビクッと固まっていると、ヴァリエル侯爵が呆《あき》れたように溜め息をつく。

「コラ、客人を怖がらせてどうするんだ」

「も、申し訳ありません。失礼しました」

ヴァリエル侯爵に咎《とが》められると、グレンさんは我に返った様子で私に頭を下げた。

「すまないね。こいつは執事としては優秀なんだが、愛想が悪いのが玉に瑕《きず》でね。……では、少し待っていてくれたまえ」

ヴァリエル侯爵はグレンさんの背中を軽く叩いたあと、庭園のほうへ歩いて行く。

「……レイフェル様。ご主人様が戻られるまで少々お待ちください」

「は、はいっ」

こうして私は、玄関先でヴァリエル侯爵を待つことになった。そして、隣に直立して私をじっと見つめるグレンさん。めちゃくちゃ気まずい……！

両手を強く握り合わせて時が過ぎるのを待っていると、ようやくヴァリエル侯爵が戻ってきた。

「待たせたね。これをレイフェル君に。うちの庭で摘《つ》んだ薔薇《ばら》だ。今日一日、私に付き合ってくれたお礼だよ。」

ヴァリエル侯爵が私に差し出したのは、ピンクの薔薇《ばら》の花束だった。とっても可愛い～！

私は笑顔で受け取る。

「……それから、孤児院の薬の件だが、君への報酬は私が支払おう」

「よ、よろしいんですか？」

私が目を丸くして尋ねると、ヴァリエル侯爵は穏やかな表情で頷《うなず》く。

「君には、正当な利益を受け取る権利があるからね」

「……ありがとうございます、侯爵様っ！」

私は花束を抱えたまましっかりと頭を下げると、再び馬車に乗り込んだ。ヘルバ村を目指して、馬車がゆっくりと走り始める。

窓から身を乗り出して大きく手を振ると、ヴァリエル侯爵は小さく手を振り返してくれた。

真っ赤に色づいていた夕空が濃紺に染まっていく。この日は月も星もない、暗くて寂しい夜空となったのだった。

数日後。ティアは店内に飾られたピンクの薔薇《ばら》を眺めながら、小さく溜め息をついていた。

「ヴァリエル侯爵様とデートして、薔薇《ばら》の花束まで貰《もら》えちゃうなんて、レイフェルさんモテモテじゃないですか」

「ん～？　ティアさん、今何か言ったかな～？」

満面の笑みを浮かべながら、ティアの両頰《りょうほほ》をプニプニとつつく。私を放って勝手に帰ったのを、ちょっと怒ってるんだからね？

「うひゃああっ。な、何も言ってませーんっ」

「ほんとかなぁ～？」

そんなやりとりをしていると突然、お店のドアが勢いよく開かれた。

「レイフェル様っ！」

慌ただしく駆け込んで来たのは、なんとアルさん。ここに来る途中にでも転んじゃったのか、額をすり剝いている。

「どうしたんですか、アルさん⁉」

私は救急箱を抱えて真っ青な顔のアルさんへ駆け寄った。

「ハ、ハルバート様が……」

アルさんが息を切らしながら、話を切り出す。

「ハ、ハルバート様が警察に逮捕されました……っ！」

「「えぇぇぇえっ⁉」」

絞り出すような声で告げられて、私とティアは仰天した。

「何をやらかしたんですか、あの人⁉」

「毒殺の容疑で、現在は留置場に収容されているそうです」

「毒殺ぅ⁉　……ということは、誰か死んじゃったってことですか？」

ティアが恐る恐る尋ねると、アルさんは眉根を寄せ首を縦に振った。

「被害者は、ハルバート様と親交の深かったヴァリエル侯爵です。ハルバート様は彼に招かれて、夕食を共にしていたらしいのです」

「……え？」

瞬間、頭の中が真っ白になる。あのヴァリエル侯爵が殺されてしまった。しかもその犯人がハルバートさんだなんて……

「……レイフェル様、大丈夫ですか？」

アルさんが愕然としている私を気遣うように、優しく声をかける。

「あ……す、すみません」

ハッと我に返って、ティアへ視線を向けると、こちらも強張った表情で立ち尽くしている。

「そんな……ハルバートさんがそんなことをするはずがありませんっ！」

私が声を張り上げると、アルさんは真剣な眼差《まなざ》しで深く頷《うなず》いた。

「……はい。僕もそう思います。僕はこれから警察署に出向いて、ハルバート様との面会を交渉してみます」

「わ、私も行きますっ！」

「私も、私も！」

私とティアはビシッと手を挙げた。

「何があったのか、ハルバート様から直接話を聞きましょう」

「「おぉーっ！」」

こうしちゃいられないとバタバタと店を閉める準備をしていると、アルさんが話しかけてきた。

「……レイフェル様、先ほどはありがとうございました」

「へっ？」

「ハルバート様の無実を信じてくださったことです。少しほっとしました」

「そんなの当たり前じゃないですか」

アルさんはもちろん、私もあの山賊とは長いお付き合いだもんね。絶対にそんなことをする人じゃない。

私がニコッと笑顔で告げると、アルさんの目が潤《うる》んだ。急にこんなことが起きちゃって、不安だったんだろうな。彼は涙が零《こぼ》れてしまわないように、ぐっと袖で拭っている。

私は安心させるように、アルさんの頭をポンポンと叩いた。

そして私たちは、気合いを入れて警察署へとやってきたのだった。

アルさんが面会を申し出ている間、私とティアは待合室のベンチにじっと座って待つ。

いくら他国の王侯貴族と言っても、侯爵殺しの容疑がかかっているハルバードさん。すんなり許可してくれるかなぁ……

そわそわしながら待つこと約二十分。怪訝そうな顔をしたアルさんが戻ってきた。

「……ど、どうでした？」

「面会できることにはなったのですが……その……」

あれ、なんだか歯切れが悪いな。

「もっと手間取ると思っていたのですが、こちらの素性《すじょう》を明かすとあっさり許可が下りたのです」

「確かにちょっと早すぎるような……？」

「まあまあ。とりあえず、ハルバートさんに会えることになったんだし、いいじゃないですか！」

首をかしげる私たちに、ティアが明るい声で言う。そうだね、今は細かいことを気にしている場合じゃないや。

職員の人に案内されて留置場へ向かう。

元々あまりいいイメージがなかったけれど、薄暗くて、じめじめした場所だ。左右に立ち並ぶ檻の中を覗いてみると、狭い空間に粗末なベッドだけが置いてある。ハルバートさんも、こういうところに入れられていると思うと、なんだか胸が苦しい。

「ハルバート様は、こちらにいらっしゃいます」

職員が廊下の突き当たりにあるドアの前で立ち止まる。ドアの脇には警備員が立っていて、何やら物々しい雰囲気だ。

私とアルさんがお互いの顔を見合わせる中、職員がゆっくりとドアを開ける。

「ハルバート様……っ！」

アルさんが真っ先に部屋へと足を踏み入れる。私とティアも、そのあとに続く。

かなり広々としている室内の中央は、透明な硝子板で仕切られていて、その向こう側にハルバートさんはいた。

「よぉ、お前ら。俺に会いに来てくれたのかぁ？　……ヒック」

ハルバートさんは真っ黒なソファーにもたれながら、ワイングラスを揺らしている。そしてワインを一気にゴクリ。

「おーい。ワインがなくなったぜ～」

そして彼がそばにあるベルを鳴らすと、すぐさま看守が飛んで来て、グラスにワインを注《そそ》いだ。

「……」

その様子を見た途端、アルさんはスッ……と真顔になった。

「さ、おふたりとも。帰りましょうか」

「そうですね……。行くよ、ティア」

「了解でーす」

「ちょっ、待て待て！　お前ら、俺を心配してきたんじゃなかったのかよ!?」

さっさと帰ろうとする私たちを、慌《あわ》てて引き留めようとするハルバートさん。

「ついさっきまでは心配してましたよ！　いったい何をしているんですか、あなたは！」

おお、アルさんが珍しく声を荒らげている。

「い、いいや。酒が飲みてぇって言ったら、用意してくれてよ……」

アルさんの迫力に圧されて、ハルバートさんは視線を逸らしながら答える。

私は室内をゆっくりと見回した。柔らかそうな白いベッド。ラウンドテーブルの上には、チーズやサラミなどのおつまみセット。部屋の隅にはワインセラーまで置いてあって、看守が待機している。

「……ハルバートさんの部屋だけ、なんか豪華じゃないですか？」

私がぼそりと言うと、ハルバートさんは盛大な溜め息をついた。

「そりゃそうだけどよ。ここでの生活は、結構キツいんだぜ？　……おい、おかわり。今度は白ワイン頼むぜ」

「かしこまりました、ハルバート様」

嘘つけ！　めちゃめちゃ留置場ライフ満喫してんじゃん！

「もぉ～……そんなに飲んだら、体に悪いですよ？」

「しょうがねぇだろ。ヴァリエル侯が突然死んじまったんだ。飲まなきゃやってらんねぇよ……」

ティアに注意されようが、真っ赤な顔でワインを一気に呷るハルバートさん。そして、空になったワイングラスをテーブルへ乱暴に置いた。

「……いったい、何があったのですか？」

アルさんが静かな声で問いかけると、ハルバートさんは首を緩く横に振り目を伏せた。

「俺にも、さっぱり分からねぇんだ。あの晩のことは何も覚えてねぇし」

ハルバートさんは夕食に出されたワインを飲みすぎたのか、いつの間にか眠っちゃったらしい。そして目を覚ますと、大勢の警察官に囲まれていたのだという。

「そんで、そいつらからヴァリエル侯が死んだって聞かされたんだ。俺がぐーすか寝てる横で、血吐いて倒れていたんだとよ」

ハルバートさんはそう言うと、悔しそうな顔でガシガシと後頭部を掻いた。

「だからって、ハルバートさんを逮捕するなんて――」

「まあ、俺を保護する目的もあるんだがな。ひょっとしたら、ヴァリエル侯じゃなくて俺を狙った可能性もある。どうも、今回の事件は分からないことが多すぎるらしくてなぁ」

ハルバートさんは頬杖《ほおづえ》をつきながら、私の言葉を遮った。

「それは……どういうことですか？」

アルさんが怪訝そうに尋ねる。

「それがよ――」

「申し訳ありません。面会終了の時間です」

職員が壁掛け時計に視線を向け告げる。

「えっ⁉　聞きたいことがまだ山ほどあるのに！」

焦燥感を募らせる私たちとは対照的に、ハルバートさんは呑気にサラミをむしゃむしゃ食べる。

「まあ、明日の新聞を読んでみりゃ分かるか」

「新聞……？」

気になることは多々あるけれど、面会時間は終了のためここにいることはできない。とにかく明日の新聞を読むしかないと判断して、私たちはひとまず帰ることにした。

部屋を出る前に、アルさんが看守に声をかける。

「ああ、そこのあなた。この人に、あまりワインを飲ませないでいただけますか？」

「は、はいっ」

看守はピシッと姿勢を正して返事をする。その直後、ハルバートさんがベルを鳴らしておかわりを催促した。

「ヒーック、おい、赤ワインを持って来い！　今度はピリッとした辛口《からくち》なー！」

「たった今アレックス王子からのお申し出で、ハルバート様へのアルコールの提供を控えるようにと……」

「んだとぉ!?　いーからジャンジャン持ってー……」

途端、ハルバートさんの動きがピタリと止まった。

「な、何？」

私たちが注目する中、ハルバートさんはテーブルに突っ伏す。そして、グオォ～と地響きのようなイビキを立て始めた。

「……ハルバート様のいびきは酷《ひど》いです。この状態では朝まで起きないでしょう」

呆《あき》れたような口調で言うアルさんに、私とティアは無言で頷《うなず》き、部屋をあとにしたのだった。

翌日、ヴァリエル侯爵毒死事件は、新聞で大々的に公表された。

「侯爵の死と消えた毒……？」

でかでかとした見出しを見て私は眉を寄せ、首をかしげながら記事を読んでいく。

どうも料理やワインからは、毒は検出されなかったらしい。ヴァリエル侯爵自身が所持していた痕跡もなかったのだという。警察では他殺と自殺、両方の線で捜査しているけれど、有力な手がかりはまだ得られていないそうだ。ちなみに、ハルバートさんが捕まったことは伏せられている。

「消えた毒……ですか」

お店にやってきて、私たちと新聞を読んでいたアルさんは、顎《あご》に手を当てながら何やら考え込んでいた。

「アルさん……毒が消えるなんてこと、あるんですか？」

「……うーん。そのようなことは有り得ないと思います」

私の問いかけに、アルさんは首を横に振った。

「あっ！　もしかしたら、毒ガスを使ったとか？　そうすればヴァリエル侯爵を殺したあとに、窓を開けて換気すれば毒は残んないし！」

ティアが思いついたように声を上げる。

「ダ、ダメです。そんなものを使ったら、ハルバート様まで死んでしまいます！」

張り切って自分の推理を語るティアに、アルさんが慌《あわ》てて反論する。

「あ、そっか……」

問題点を指摘されて、ティアはしょんぼりと肩を落とす。アルさんは新聞の見出しを指でなぞった。

「考えられるとしたら……計画的に遅延性の毒を使ったのかもしれません。つまり、そもそも犯人は夕食以前に何らかの方法でヴァリエル侯爵に毒を飲ませていた。そうすれば夕食の飲食物から毒が検出されない。しかも遅延性の毒なら、それがいつどこで使われたのかがまったく分からず、犯人の特定は非常に困難です。……それが、犯人の目的でしょう」

遅延性の毒。確かに私も、その言葉が頭に浮かんではいたけれど……

「ですが、ハルバート様と侯爵は四時間ほど、ともに過ごしていました。ということは、少なくとも効果を四時間以上遅らせることのできる毒が必要なのです」

「よ、四時間もですか⁉　一般的に遅延性の効果って、二、三分って言われてますよね……」

「はい。もしそういった毒物が存在すると証明できれば、事件解決の糸口にもなって、ハルバート様の嫌疑も晴れるかもしれませんが……」

そんな毒を見つけるなんて難しい。アルさんも不安そうに、唇を引き結んじゃった……

だけど、こうしてみんなで悩んでたって何も解決しない。それに、もしヴァリエル侯爵が誰かに殺されたのだとしたら、絶対に犯人を見つけ出さなくちゃ！

「とっ、とにかくなんとかして、まずはハルバートさんをあそこから出せるように調べましょう！」

……あんなところで飲み食いしていたら、ブクブク太っちゃうだろうし。デブバートさんになる前に、なんとかしなければ……と心の中で呟《つぶや》く。

そんなわけで私たちは、事件を調べ始めたのだった。

「それにしても、すごい人だなぁ……」

ひょっとしたら手がかりが何か残っているかもしれないと、まずはヴァリエル邸へ出向いた。

世間でも今回のことは、奇妙な事件として取り沙汰されているらしく、閉め切った正門の前には大勢の野次馬が集まっている。あの人混みを突っ切って行くのは無理そうだから、ぐるっと裏門に回り込む。流石《さすが》にこの辺りは人も少なく、警察の人たちもいない。門の両脇に門番が立っているだけだ。

アルさんが屋敷の中に入りたいと、門番に頼み込んでみる。門番は最初こそ鬱陶しそうな顔をしていたけれど、アルさんの素性《すじょう》を知ると目を見張った。

「しょ、少々お待ちください」

そう告げて、小走りで屋敷の中に入って行く。しばらくすると、燕尾服の青年を連れて戻ってきた。グレンさんだ。

「……事件のことを調べに来たそうですね」

「はい。僕の身内の無実を証明したいのです」

グレンさんはアルさんの顔をじーっと見据えたあと、おもむろに口を開いた。

「どうぞ、中にお入りください」

グレンさんは素っ気ない口調で告げると、屋敷へすたすたと歩いて行く。お、王子様相手でも、愛想が悪いな……

相変わらずな様子に驚きつつ、私たちはグレンさんのあとを追いかける。

正門の付近はあんなに騒がしかったのに、屋敷の中は水を打ったように静かだった。廊下を歩く私たちの足音がやけに大きく聞こえる。

「……こちらは、ご主人様の私室です。この部屋でご主人様とハルバート様が食事をされていました」

グレンさんが案内してくれたのは、落ち着いた雰囲気のお部屋だった。煌びやかな派手さはないけれど、どの家具も高貴そうなものばかり。足を踏み入れたときに、ちょっとだけ変なにおいがした。

「事件当時、料理やワインを用意したのはどなただったのですか？」

室内をしげしげと見回したあと、アルさんはグレンさんに問いかける。するとグレンさんは少し間を置いて答えた。

「私です」

「……その際、ふたりの様子に何かおかしいところはありませんでしたか？」

「いいえ……いつも通りだったと思います」

淡々とした口調のグレンさん。

「では、侯爵のご遺体を最初に発見したのは……」

「それも私です。部屋からおふたりの声が聞こえなくなったので、気になって様子を見に来たら、ご主人様が倒れていました」

「そうですか。そのとき、ハルバート様はどのような様子だったか、覚えていますか？」

「大きなイビキを掻きながら眠っていらっしゃいました」

あー、うるさかったろうね。留置場で聞いたアレ、すごかったもん。

「……すみません、そろそろよろしいでしょうか。ご主人様が突然亡くなって、色々と立て込んでおりますので」

「はい。お忙しい中、お話を聞かせてくださって、ありがとうございました」

無愛想な物言いをされても、頭を下げて丁寧にお礼を言うアルさん。

うーん、手がかりなしか。がっかりしながら室内をぐるりと見回す。

「あ……」

ふと、一枚の絵が目に留まった。金髪の女性の肖像画だ。絵をじーっと眺めていると……

「この絵が気になりますか？」

グレンさんに背後から声をかけられて、ビクッと肩が跳ね上がった。

「は、はい。とっても綺麗な人だなぁって……」

「……こちらは、ご主人様が描いたものです」

「えっ、そうなんですか!?」

「絵を描くのがお好きでしたから。廊下に飾られている絵も、全てご主人様の作品です」

「へぇ～……」

あ、そうか。部屋に入ったときに感じた不思議なにおいの正体は絵の具だったんだ。

「この絵のモデルは、侯爵様の奥様なんですか？」

「いえ、ご主人様は独身でした。おそらく、愛人のひとりだと思います」

風景画はたくさん描かれているけれど、私が見かけた肖像画はこの一枚だけだ。

しかも自分の部屋に飾っていたなんて、本当にこの人のことが大好きだったんだろうな。そんなことを考えながら、グレンさんに連れられて裏門に戻ってきた。

「では僕たちは、これで失礼します」

「はい……気をつけて、お帰りください」

ぼそりと小声で告げて、グレンさんはその場から静かに立ち去る。アルさんは、その後ろ姿をずっと見つめていた。

「あの方の説明……何か引っかかります」

「……アルさん？　ど、どういうことですか？」

眉を顰《ひそ》めて小声で話し始めたアルさんに、私は目をぱちくりさせた。

「彼が部屋を見に行ったのは、ふたりの声が聞こえなくなったからだとおっしゃっていました」

「んんー？　よく考えると、それっておかしくないですか？　だってあの人、たしかハルバートさんのイビキ、大きかったたって言ってましたよ」

ティアが顎《あご》に指を当てて、首をかしげている。

「あ！」

そうだよ。あんな大きなイビキ、部屋の外にまで聞こえるに決まっている。

「普通に考えれば部屋から声が聞こえなくなったなら、おふたりともソファーにでも横になって眠っているだろうと思うはずです。それにもしもハルバート様だけが寝たのだとしたら、侯爵が上にかける物を用意するようになど、私室から出て使用人に命じたはずです」

「でも、グレンさんはそうは言わなかった……おそらく室外にも響き渡ったはずのハルバートさんのイビキを聞いていない？　もしくは事件当日グレンさんが部屋の中にいた……？」

あの日、ここでいったい何が起こったんだろう……？　と私は心臓の辺りに手を置きながら、目の前にそびえ立つ屋敷を見上げた。

第七話　暗躍

そのころ、とある屋敷の執務室にて。

「ふふ、よくぞやってくれた。やはりお前は優秀な薬師だよ」

小太りの中年男は満足げに頷《うなず》き、机の上に広げた新聞に視線を落とした。そこにはヴァリエル侯爵の記事が掲載され、見出しには『毒物、未だ発見できず』と書かれている。

「お褒めにあずかり光栄でございます、ジャーロ公爵様」

金髪の少女は穏やかに微笑み、深々と頭を下げる。その謙虚な姿にジャーロ公爵は上機嫌に目を細めた。

「この調子で、当日もよろしく頼むぞ」

「かしこまりました。必ず成功してみせます」

少女はゆっくりと顔を上げると、僅かにずれた眼鏡のブリッジを指で押し上げた。

「……ところで、あの薬はどうなった？」

軽く咳払いをして、ジャーロ公爵は浮き立つような気持ちを抑えた声で問いかける。

「そのことですが、レイフェル様は無事に、聖域から例の薬草を持ち帰ってきました」

「ほ、本当か!?　は、早く薬を私によこせっ！」

ジャーロ公爵は目を大きく見開き、勢いよく椅子から立ち上がった。そして少女の両肩を強く掴む。

「いえ、薬はまだ完成しておりません」

「何ぃっ!?　何をもたもたしているのだ！」

焦れた様子で声を荒らげるジャーロ公爵だが、少女は落ち着き払って口を開く。

「あの薬草はとても貴重なものなので、失敗は許されません。レイフェル様にはゆっくり調薬を進めてもらいましょう」

「ぬぅ……」

「ご安心ください。公爵様の誕生日には間に合わせると、おっしゃっていましたよ」

「うむ。それならばよいのだ。報告ご苦労であった。もう帰ってもよいぞ」

ジャーロ公爵は冷静さを取り戻して、顎《あご》をさすりながら相槌を打つ。焦る必要はない。自分の望みは既に叶ったも同然なのだからと心の中で呟《つぶや》く。

「はい。では、失礼いたします」

少女が一礼して、部屋から出て行こうとする。

「……ん？　少し待て、サラ」

ジャーロ公爵は怪訝そうな表情で呼び止め、サラを凝視する。

「なんでしょうか、公爵様？」

「……いや、なんでもない。引き留めて悪かったな」

しかし、ジャーロ公爵は興味が失せたように視線を逸らす。途端、サラはレンズ越しに目を細めて、執務室をあとにした。バタン……と、扉の閉まる音が廊下に響き渡る。

「ふぅー……」

サラは俯《うつむ》きながらゆっくりと息を吐くと、何事もなかったように豪華な装飾が施《ほどこ》された廊下を進む。ふと窓のほうへ目を向けると、どんよりとした曇り空が広がっていた。それをぼんやり眺めていると、パタパタと足音が聞こえてくる。

「サラ、久しぶり！　お父様に会いに来てたの？」

ミシェルが満面の笑みを浮かべながら駆け寄ってくる。

「お久しぶりです、ミシェル様。公爵様が近ごろ体調が優れないとのことで、薬を作ってほしいと仰せつかりました」

サラがそう答えると、ミシェルは表情を曇らせた。

「え？　お父様、大丈夫なの？」

「もちろんです。お薬を飲めば、すぐに元気になりますよ」

「……そっか、サラがそう言うなら！　あ、ねぇねぇ。今度お買い物に行くんだけど、サラにもついてきてほしいの！」

「私もですか？」

ローブの袖を小さく引っ張りながら言うミシェルに、目を丸くするサラ。その反応に、ミシェルは寂しそうな表情を見せる。

「ダメ……かな？」

「いいえ。そんなことありませんよ。一緒に行きましょう」

「ありがと、サラ！　じゃあ、あとでお手紙出すからね！」

サラの言葉に声を弾ませながら、ミシェルが走り去って行く。

サラは微笑みながら手を振って見送ったあと、おもむろに掌《てのひら》を見下ろした。じっとりと汗をかき、小刻みに震えている。そして脳裏に蘇る、ヴァリエル侯爵毒死の記事。

「……っ」

サラは唇を噛み締めて、首を大きく横に振った。

「あと少し……あともう少しよ、お母さん……」

そして、掠れた声でそう呟《つぶや》くのだった。


サラが帰ったあと、ジャーロ公爵は応接間に向かう。

「待たせてしまってすまなかったな」

「ふふ。どうか、お気になさらないでください」

応接間では黒いフードで顔を隠した男がソファーに腰かけていた。

彼は近ごろ、ジャーロ邸を頻繁に訪れている商人だ。いかにも胡散臭そうな外見をしていて、屋敷の使用人から気味悪がられているが、ジャーロ公爵はこの男を気に入っていた。

「さて……例のものをまた大量に仕入れたいのだが、頼めるかね？」

「それは構いませんよ。……ですが、あのような高価なものを本当によろしいのですか？」

早速ジャーロ公爵が話を切り出すと、商人は頷《うなず》いてから訝《いぶか》しそうに尋ねた。

「買い手はいくらでもいるさ。現に今も注文が殺到しているのだ」

ジャーロ公爵は腕を組みながら答える。貴族たちは例のものを手に入れるためなら、いくらでも大金をつぎ込むだろう。アレのおかげでずいぶんと稼げたが、まだまだ搾り取るつもりだ。

「……でしょうね」

怪しい商人は間を置いてから、相槌を打つ。そしてさりげなく別の話題を振った。

「そういえば、新聞を読みましたよ。どうやら我々の計画も順調に進んで行るようですね」

「うむ。あの小娘、まだ若いと思っていたが、なかなか使える薬師でな……」

くっくっくっ、とジャーロ公爵は喉を鳴らして不敵に笑う。

「……それはよかった。計画の成功を願っておりますよ」

商人はフードを被り直すと、口角を怪しく吊り上げる。

灰色の空からは、殴りつけるような激しい雨が降り始めていた。

第八話　謎の毒探し

ハルバートさんが逮捕されてから一週間。私とアルさん、ティアの三人はリビングで作戦会議を開いていた。

「あのグレンって執事、ぜーったい怪しいですよ！」

力強い口調で断言するティア。

確かに現時点で一番怪しいのは、あの人だ。今思えば、事件を調べに来た私たちを理由をつけて、さっさと屋敷から追い出したし。

「当初はグレン様も警察から疑われていたらしいです。ですが何の証拠も見つかっていないことと、ヴァリエル侯爵が亡くなったと推定される時間帯にアリバイがあったことから、容疑者リストから外されたということでした」

アルさんはテーブルに両肘を立てると、顔の前で両手を重ねて溜め息をついた。限りなく黒に近いのに、証拠がないんじゃどうしようもない。分かってはいるんだけど……！

「とりあえず、僕たちは僕たちにできることをしましょう」

「……はい」

私は真剣な表情でゆっくりと頷《うなず》く。

遅延性の毒を見つけ出すのはとっても難しいことだろうけれど、ハルバートさんや、亡くなったヴァリエル侯爵のためにも力を尽くさないと。

「必要な実験器具は蛇の集いに揃《そろ》っています。向こうに行って、早速始めましょう」

「了解です。あ、ティアはお留守番ね」

「えーっ！　どうしてですか～!?」

ティアがぷっくりと頰《ほほ》を膨らませながら、両腕を上げる。

「ご、ごめんごめん。でもここ最近、お店を休んでばっかりだから！」

「むぅ～……分かりましたよぉ。でも、何か分かったら教えてくださいね！」

「もっちろん！」

ティアを宥めてから、蛇の集いへ出向く。そして到着するなり、アルさんはすぐさま実験の準備をし始めた。小瓶に入った毒液や薬草の汁。大量のビーカーと……何やら細長いピンク色の紙がたくさんある。

「アルさん、この紙ってなんですか？」

「そちらは、今回の実験で欠かせないものです。えーと、ちょっと待っててくださいね……」

アルさんはそう言いながら、ビーカーにスポイトで毒液を少量垂らした。そこに、ピンク色の紙を浸すと……

「あっ！　青くなった!?」

「このようにこの紙は毒の成分に反応して、色が変化する仕組みになっているのです。もちろん、様々な毒の種類に対応していますよ」

「めちゃめちゃ便利じゃないですか！」

「はい、めちゃめちゃ便利なのです！　今度は別のビーカーに薬草の汁を垂らします。そこに毒液を加えて、この紙を浸してみましょう」

アルさんのように、私はビーカーにスポイトで薬草の汁と毒液を少量垂らし、ピンク色の紙を浸す。

「……あれ？　ピンクのままだ！　アルさん、これ不良品ですよ！」

「いいえ。少し待ってみてください」

待つこと約十分。ピンク色だった紙が、いつの間にか青色に変わっていた。毒の成分があとから検出されたってことかな？

「これはトントンボー草という薬草の汁で、植物性の毒と掛け合わせることによって、その毒性を発揮するのを十分遅らせる効果があります。だから紙も、遅れて変色したというわけです」

「なーるほど！」

「このように様々な薬草と毒液を掛け合わせて、四時間以上遅延の効果を持つ組み合わせを探していきましょう」

よーし、いっちょやるかー！　……と気合いを入れて始めてみたものの。

「アルさーん、そっちのビーカーはどうですか？」

「こちらは十四分後に紙の色が変わりました。レイフェル様のほうは……」

「二分くらいで変わっちゃいました～。よし、今度はこれとこれで……あぁっ、すぐに青くなっちゃった！」

想像してはいたけれど、やっぱり地道な作業になりそう。

「二十八分で変化。この組み合わせも×と……」

「うーん。こっちは三十二分……」

どれも三十分前後が限界で、四時間なんて到底及ばない。

結局この日は、何の成果も得られないまま帰ることに。外に出ると既に辺りは真っ暗で、まん丸のお月様が出ていた。

「レイフェル様、送って行きますよ」

「いえいえ、ひとりで帰れるから大丈夫ですよ～」

「ですが……」

「アルさんも疲れてるんだから、ゆっくり休んでください。それじゃあ、また明日来ますねー！」

両手をぶんぶんと振りながら村まで歩き始める。アルさんにああ言ったものの、夜道をひとりで歩くのはちょっと怖いから、小走りで村に帰ってきた。

「ふぅ。ここまで来れば、安心……ん？」

なんだか向こうのほうが明るい。ちょっと様子を見に行ってみる。

「ったくよぉ、なんでこんな時間まで仕事しなきゃならねぇんだ……」

「口より手を動かせ。今日のノルマを終わらせなきゃ、いつまでも帰れねぇぞ」

そこは大聖堂の建設現場だった。

大工さんたちが愚痴《ぐち》を零《こぼ》しながら、作業を進めている。あの人たちは朝から晩までずっと働き詰めだ。村人は大聖堂なんて誰も興味ないんだから、急いで建てなくたっていいのに……

「これはなんじゃあ⁉」

聞き覚えのある声がしたと振り向けば、そこには村長がいた。彼は何かが書かれている紙を見てぎょっと目を見開いている。

「おお、レイフェルさん。これを見てくれんか。今、そこの大工から渡されたんじゃ」

村長はそう言って私に紙を差し出した。そこには、偉そうにふんぞり返ったおじさんの絵が描かれている。

「えーと、何々……銅像完成図？　こ、こんなものまで建てるつもりなんですか⁉」

「まったく、とんでもない話じゃよ」

思わず村長に視線を向けると、彼は渋い表情で絵を睨《にら》みつけていた。

「ですよね、ですよね！」

「こんなものが建ったら、ワシの影が薄くなるじゃろ！　薄いのは頭だけで十分じゃ！」

村長の頭、もう薄いどころじゃないんだけどな。ぷんすかしている村長を放って、私は薬屋に帰ることにした。

それからというもの、私とアルさんは毎日実験を続けていた。

「これもダメか……ふぅ」

アルさんが溜め息をつきながら、リストに×印を書き込む。私は毒に関する本を読みながら、ビーカーに浸した紙をチラチラと確認していた。普段から薬作りをしている私たちは、こういう作業は大《たい》して苦にならない。

だけど、どうしても焦りを感じちゃう。ふたりだけじゃ人手が全然足りない。ここはやっぱりティアにも手伝いに来てもらったほうが……と考えていると。

「失礼します、アレックス様！　ヴァリエル侯爵の事件で使われた毒を調べているとお聞きしました。我々もお手伝いします！」

蛇の集いの薬師さんたちが、ぞろぞろと実験室へ入ってきた。

「……いいのですか？」

アルさんがきょとんとした表情で尋ねる。

「はい！　お任せください！」

心強い助っ人が来てくれた！　目を輝かせて頷《うなず》く彼らに、私とアルさんはお互いの顔を見ながら微笑んだ。こうしてみんなで力を合わせて、毒探しをすることに。

「複数の薬草を混ぜ合わせるのはどうだ？」

「そうだな、その方法も試してみよう」

「作業を分担しましょう。そのほうが効率よく進められます」

おぉ。流石《さすが》、みんなテキパキとしてるなぁ。こうしちゃいられない。私も……

「ふわぁ～……」

おっと、大きな欠伸《あくび》が出ちゃった。最近夜遅くまで毒のことを調べているから、寝不足気味なんだよね。

「レイフェル様は少しお休みください」

そんな私を見て、アルさんが優しく声をかけてきた。

「え、でも……」

「アレックス様の仰る通りです。さあ、仮眠室へどうぞ！」

「うちのベッドはフッカフカで気持ちいいですよー！」

薬師さんたちにそう言われて、ぺいっと実験室から追い出されてしまった。

フッカフカのベッド……ぼんやりと想像して、ハッと我に返って首を横に振る。アルさんたちが頑張っているのに、私だけぐーすか眠るわけにはいかない。だけどこんなに眠いんじゃ、実験にも身が入らないよぉ……。

「そ……そうだ。気つけ薬でも作ってみよう。上手くいけば、商品化できるかもしれないし！」

蛇の集いの敷地内の薬草園で材料集めをしようと、私は軽やかな足取りで向かった。ひとつ大事なことを忘れて。

「くっさ!!」

園内では、百種類以上の薬草が育てられている。その中には、当然においの強いものもいくつかあってすごい臭《くさ》い……

いや、でも待てよ。こういう薬草で薬を作れば、当然効き目も強いのでは？　うん、覚悟を決めようレイフェル。私は自分にそう言い聞かせて、薬草採取に取りかかった。

「ぐぉぉぉぉ……」

あまりのにおいに何度か意識が飛びそうになりながらも、どうにか目当ての薬草をゲット。そして、そそくさと薬草園から脱出する。ああ、外の空気が気持ちいいー！

籠《かご》の中には、青々とした薬草たち。少し顔を近づけただけで、ツンと鼻にくる強烈なにおいが。

ふふふ、いい薬が作れそう……

そうして、私は早速気つけ薬作りを始めたのだった。命がけで摘《つ》んで来た薬草を、鍋でコトコトと煮込んで……うっすらと緑色の煮汁をペロリと舐めてみる。

「う、うぎゃぁぁっ！」

口の中に広がる凄まじい苦みと辛《から》みっ！　そしていつまでも残るアンモニア臭っ！　鼻の奥も痛いし、目から涙がポロポロ出てきた……！

流石《さすが》は天才薬師レイフェルさん。またすごいものを作り出してしまった。さあこれを飲んで、早く遅延性の毒を見つけなくちゃ。

「体力の限界……気力もなくなり、心が折れそうです」

五日後の朝、私はリビングのテーブルに突っ伏していた。

「やっぱりこういうのって難しいんですねぇ」

私の頭を撫《な》でながら、ティアが小さく溜め息をつく。色んな毒と薬草で実験しているけれど、せいぜい四十分程度しか遅らせることができない。

「ほんとに四時間以上も、毒の効果を遅らせることなんてできるのかなぁ……」

顔を上げて頬杖《ほおづえ》をつく。そのとき、玄関のドアをノックする音が聞こえてきた。

「あ、私行ってきますねー」

ティアが様子を見に行く。その後ろ姿を見て、本当にいい子だと思う。蛇の集いへ実験しに行くようになってからというもの、朝ごはんを作りに来てくれるし、お店も任せっきりになっちゃった。

「レ、レイフェルさーんっ！」

「えっ、何事⁉」

ティアの慌てた声に私も急いで玄関に駆けつけると、何やら困ったような表情をした村長が立っていた。

「おはよう、レイフェルさん。うちのバカ猫の様子がちと変なんじゃ。様子を見に来てくれんかのぅ？」

「クラリスが⁉　い、今すぐ行きますっ」

私とティアは大慌《おおあわ》てで身支度をし村長宅へ向かう。

「ク、クラリス……！」

家の前でクラリスが地面に倒れているのが見えた。どうしよう。病気にでもなっちゃったのかな。

声を震わせながら、クラリスの顔を覗き込む。

「ニャハ～ン」

クラリスは幸せそうな顔で、地面の上でゴロゴロと寝転がっていた。……あれ？　なんか元気そうだな。

「よーしよしよしよし」

「ニャハハハ」

ティアゴロウさんにお腹をワシャワシャされて喜んでるし。不安な気持ちが、一瞬で引っ込んじゃったんだが？

「村長、これ……」

私はクラリスを指差しながら、村長に視線を移した。

「それがのぅ、なんかおかしいんじゃよ。ほれ、こやつ神獣じゃないじゃろ？　最近は、ワシらと同じもんを食わせとるんじゃ」

訝《いぶか》しそうに首をかしげながら、顎髭《あごひげ》を撫《な》でる村長。

「えっ。クラリス、食べてくれるんですか？」

高級猫缶で舌が肥えたクラリスが、そんな雑な食事で満足するはずが……

「バカじゃもん。出されたもんはなんでも食うぞぃ」

「あ、そうですか」

……クラリス、バカでよかった。

「そんで、たまーに餌にマタタビを混ぜてあげとるんじゃよ。そうすると、いつもより食いつきがよくなるからのぅ」

「……もしかしてクラリス、マタタビで酔っ払っているだけですか？」

「そうじゃよ」

はー、病気じゃなくてよかった。だけど、おかしいって何が？

「今朝も、マタタビを混ぜたものを食わせたんじゃが、今日に限って何の反応もなくてのぅ。そうしたら二時間も経ってから、こんな感じで酔っ払い始めたんじゃ」

「ニャフ～ン」

村長の心配をよそに、クラリスはゴロゴロと喉を鳴らしてご機嫌そうだ。マタタビが遅れて効いてきたってことなのかな……？

「のぅ、レイフェルさん。こういうことってあるんじゃろか？」

「う～～ん……」

村長の質問に私は空を仰ぎながら唸《うな》る。私も動物のことは専門外だからなぁ。そもそもクラリス自体が普通の猫じゃないし。

「珍獣だもん。変な酔っ払い方をするときだってあるよ」

クラリスの顎《あご》を撫《な》でながら、ティアは雑な結論を出した。

う、うん。珍獣だから、しょうがない……のか？　と無理矢理納得しようとしていると、アルさんがこちらに向かってくるのが見えた。どうやら私を迎えに来てくれたらしい。

「おはようございます、レイフェル様。……おや、この子が例のアンコウ猫ですね。こうして見ると、ただの猫にしか見えませんが……」

ぶつぶつと呟《つぶや》きながら、クラリスをじっと観察している。もしかしたらアルさんならマタタビの謎を解けるかも！

「アルさん、ちょっといいですか？　実は、かくかくしかじか――」

クラリスが時間差で酔っ払ったことを説明すると、アルさんは怪訝そうに眉を顰《ひそ》めた。

「それは妙な話ですね……」

アルさんはそう呟《つぶや》いて、黙り込んじゃった。

そ、そんなに深刻なことなのかな。再び不安がぶり返して、私はティアと顔を見合わせた。するとアルさんが突然口を開く。

「……村長さん、食事の中にマタタビを混ぜたそうですね。その他の食材がなんだったのか、教えてくれませんか？」

「うむ。それじゃあ、家内にちょっと聞いてくるかのぅ」

そう言って、村長が家の中に入って行く。

「どういうことですか、アルさん？」

「もしかすると、マタタビではなく朝食に何か秘密が隠されているのかもしれません」

意図が見えず私が尋ねると、クラリスのお腹を撫《な》でながらアルさんが答える。

それから数分後、村長の奥さんがザルを持って出てきた。ザルには、ニンジンやカボチャ、魚などが載せられている。

「はい。これがクラリスちゃんの朝ごはんよ」

「ありがとうございます」

アルさんは奥さんにお礼を言うと、ザルの中の食材をまじまじと見始めた。

「これは……」

するとアルさんは、怪訝そうにある食べ物を手に取った。それは黒いまだら模様のキノコ。な、なんだこれ⁉

「そのキノコ、こないだ森で採ってきたの。この時季にしか食べられないんだけど、ほんのり甘みがあって、とっても美味しいのよ～」

こんな見た目なのに、美味しいのか……

アルさんはキノコを見つめて何かを考え込んでいた。

「ひょっとしたら、このキノコがマタタビの効果を遅らせたのかもしれませんね」

「キ、キノコがですか？」

アルさんの推理に、私は目をぱちくりさせた。

「キノコは菌類ですからね。そのような成分が入っていたとしても、不思議では……」

アルさんは途中で言葉を止めると、目を大きく見開いた。同時に私も「あっ」と声を上げて、アルさんに視線を向ける。

「アルさん……」

「レイフェル様……これはもしかすると……」

その言葉に私は大きく頷《うなず》く。

「……奥様、このキノコいただいてもよろしいでしょうか？」

「ええ。どうぞ、食べてみてちょうだい！」

アルさんが尋ねると、奥さんは快諾する。

「ありがとうございます。レイフェル様、すぐに蛇の集いへ行きましょう！」

「はいっ！」

私とアルさんは、慌ただしく蛇の集いへ向かい実験室に駆け込んだ。

まずは例のキノコをすりこぎで潰して、汁をぎゅっと搾り取る。次に、その汁を入れたビーカーに毒液を一滴垂らした。最後に、そこにピンクの紙を浸す。

色は……変わらない。

そのまま私とアルさんは、色が変わるのを静かに待ち続けた。……そして。

「あっ、アルさん！　青くなりましたよ！」

「はい！　時間は……」

チラリと壁時計を見ると、紙を浸してから二時間以上も経っていた。

「やはりこのキノコには、効果を遅延させる作用があるようですね……」

青く変色した紙を見て、アルさんが感心したように呟《つぶや》く。キ、キノコ、恐るべし……！

だけど、これで少し希望が見えてきた。遅延性の毒を証明することができるかも。

「色んなキノコで試してみましょう。もしかすると、四時間以上遅らせることができるかもしれません」

「ですね！　あ。だったら、サラさんにキノコを少し分けてもらいましょうよ！」

サラさんって、お部屋でたくさんキノコを育ててたし、詳しいはず。

「サラさん？」

その名前を聞いた途端、アルさんの表情は強張った。

「ど、どうしたんですか？」

「一度、彼女の部屋をお邪魔したことがあるのです。そのときに何気なく本棚を見たら、毒に関する書物が数冊並んでいました。解毒剤を作る目的で読んでいるだけかと思い、あまり気に留めていませんでしたが……」

「え……」

たくさんのキノコ。毒の本。お腹の辺りがひんやりと冷たくなるような、嫌な感じがする。

「……サラさんに少し話を聞いてみましょう」

アルさんの言葉に頷《うなず》いて、サラさんの部屋へ向かう。

「アレックスです。中に入ってもよろしいですか？」

「……どうぞ」

アルさんが声をかけながら、ドアをコンコンとノックすると、短い返事が聞こえてきた。

「……それでは失礼します」

アルさんがゆっくりとドアを開けると、窓際にサラさんがにっこりと微笑んで立っていた。

「ああ……レイフェル様もいらっしゃったのですね。お久しぶりです」

プランターで育てられていた植物やキノコは全て片づけられていた。本棚も、ある部分だけ本が抜き取られている。

「……毒が完成したので、証拠隠滅を図ったのですか？」

確信めいた口調でアルさんが問いかけると、サラさんはただ優しく笑っているだけで何も答えない。私は少し迷ってから口を開いた。

「サ、サラさん。もしかして、キノコを使って、遅延性の毒を作ったんですか……？」

私が恐る恐る尋ねると、サラさんの顔から笑みが消え溜め息混じりに零《こぼ》した。

「……私にまで辿り着くなんて、正直驚きました」

「その毒を何に使用したのですか？」

「それはお答えできません」

アルさんの問いに、サラさんは首を横に振る。

「では、単刀直入にお聞きします。ヴァリエル侯爵を殺害したのは、あなたですか？」

「……」

「答えてください、サラさん！」

アルさんが声を張り上げて問い詰めると、サラさんは俯《うつむ》いた。そしてゆっくりと顔を上げて、私たちを見据える。

「私には……いいえ。私たちには、まだやるべきことが残っています。だからお願いします。どう

か……見逃してください」

淡々とした声で告げるその姿は、私の胸を強く締めつける。私は居ても立っても居られず、首をブンブンと横に振って彼女のもとへ駆け寄った。

「み、見逃せません！　これ以上、罪を重ねてほしくないもん！　それに今のサラさん……なんだか辛《つら》そうに見えます……」

思わず目を伏せると、サラさんが握り拳をぷるぷると震わせていることに気づく。

「……ありがとう、レイフェル様」

その穏やかな声に顔を上げると、サラさんは唇を噛み締めて私を見つめていた。

「でも……ごめんなさい。あなたの言うことは聞けないわ」

「そんな、どうして……」

「だって！　だって、私……自分が作った毒で、人を殺しちゃったのよ……!?」

私の声を遮るように、サラさんが大きな声を出す。サファイアブルーの瞳からは、ガラス玉のような涙がぽろりと零《こぼ》れ落ちた。

「今さら、もう戻れない……あと戻りはできないのっ!!　あいつを、あの男を殺すって誓ったんだもの……！」

サラさんは絞り出すような悲痛な声を上げると、床に座り込んでしまった。そして堰を切ったように泣き出す。

「……あの男？」

サラさんの狙いは、ヴァリエル侯爵じゃないってこと？

私とアルさんが、眉根を寄せながら顔を見合わせているときだった。

カツン……と、後ろから誰かの足音がした。振り返った私たちは、ハッと息を呑む。

「あ、あなたは……！」

そこに立っていたのは、まさかの人物だった。

第九話　ブレスレット

それから数日後。サラとミシェルは、とある店を訪れていた。

「うーん、どれがいいかなぁ……ねぇ、サラはどれがいいと思う？」

ショーケースを眺めながら、小さく唸《うな》るミシェル。ケースの中には、黄金細工の香炉がずらりと並べられていた。それらはひとつひとつデザインが異なり、中には宝石をちりばめたものもある。

「そうですね……。私はこちらがいいと思います」

サラが指差したのは卵型のデザインをした香炉だった。表面に装飾されたダイヤモンドが、照明の光を反射して輝いている。

「わぁ……とっても綺麗」

「きっと公爵様もお喜びになると思いますよ」

「うんっ！」

ミシェルは大きく頷《うなず》くと香炉を購入して、香炉店をあとにする。

「サラ！　一緒にプレゼントを選んでくれてありがとう！」

ミシェルは香炉の入った木箱を大事そうに抱えながら、サラに礼を言った。

「ふふ。ミシェル様のお役に立ててよかったです」

「あ、ねぇねぇ。サラもパーティーに参加するんでしょ？　絶対に来てね。お父様もサラが来てくれたら、きっと喜ぶから！」

そう断言するミシェルに、サラは穏やかに微笑みながら相槌を打つ。そして少し間を置いて、言葉をかける。

「ミシェル様は、お父様がとてもお好きなのですね」

「うん。お仕事が忙しいみたいで、私とあんまりお話ししてくれないけど……それでも、お父様のことが大好きなの」

「……そうですか」

「そういえば、サラのお父様はどんな人なの？」

ミシェルがそう問いかけると、サラは青空を見上げながら答えた。

「父は幼いころに病気で亡くなってしまいました。ですから、思い出は何も残っていないのです」

「えっと……変なこと聞いちゃって、ごめんね」

ミシェルは表情を曇らせながら小さな声で謝る。その様子を見て、サラは慌《あわ》てて話を続けた。

「い、いいえ。その分、母と兄がたくさん愛情を注《そそ》いでくれましたので、寂しくはありませんでした」

「サラって、お兄さんがいるんだ……」

「はい。とても優しい人なのですよ」

「いいなぁ……あっ、サラ、あのお店に行こうよ！」

一軒の店が目に留まり、ミシェルは声を上げた。

「……あちらですか？」

ミシェルが指差したのは、女性用のアクセサリーショップだった。

「うん！　ほら、早く！」

「お、お待ちください、ミシェル様」

ミシェルはサラの手を引いて店内へ入ると、多くの女性客でひしめき合っていた。ミシェルはそれに気圧《けお》されることなく、奥へとずんずん進んで行く。

「えーと……あ、これにしようかな！」

そして銀のブレスレットをふたつ手に取った。ブレスレットには、それぞれ青色と緑色の石があしらわれている。会計を済ませ、店をあとにした。

「はい。サラには青いほうをあげる！」

そろそろ帰りましょうかと声をかけようとしたとき、ミシェルが片方のブレスレットを差し出した。

「よろしいのですか？」

サラが目を丸くして尋ねる。

「ふふっ。今日、私に付き合ってくれたお礼だよ！」

「……ありがとうございます、ミシェル様」

「ほら、早くつけてみてっ」

そう促されて、サラは早速ブレスレットを左手につけてみた。ミシェルも同じように左手につける。

「えへへっ。お揃《そろ》いだね、サラ！」

「ええ……。そうですね」

無邪気に微笑む少女に、サラはぎこちなく笑い返す。

そして、この二日後。ジャーロ邸では、公爵の誕生日を盛大に祝うパーティーが開かれたのだった。

第十話　血のパーティー

パーティー会場である大広間は、高位貴族や名の知れた富豪など錚々たる顔ぶれの招待客で賑わっていた。

「謹んでお誕生日のお祝いを申し上げます、ジャーロ公爵様」

「公爵殿。本日はお招きいただきまして、感謝申し上げます」

「ははは。こちらこそ、パーティーに出席してくれてうれしいよ。本日はぜひ楽しんでくれたまえ」

恭しく声をかけてくる彼らに、ジャーロ公爵はにこやかに調子を合わせていた。そしてさりげなく周囲に目を向け、他のゲストたちと談笑している、とある集団を見つけた。

蛇の集いという薬師の集まりだ。普段はローブを身に纏《まと》っている彼らも、この日は全員正装をしている。中でも一際目立っているのは、温厚そうな顔立ちをした青年だった。

アレックス＝リレス＝アスクレイドル。アスクラン王国の王子でありながら、薬師の道を選んだ変人だ。ジャーロ公爵は、蛇の集いも出席していることに安堵《あんど》し頬《ほほ》を緩める。

「公爵様、お誕生日おめでとうございます」

ひとりの貴族が近づいてきた。

「うむ。ありがとう」

「それと……例のものは、いついただけるのでしょうか？」

貴族は笑みを深くしながら、ジャーロ公爵の耳元に顔を寄せる。

「今、仕入れている最中だ。もう少し待ちたまえよ」

「……分かりました。それでは、失礼いたします」

一礼して、貴族はその場から離れた。その後ろ姿を眺めながら、ほくそ笑んでいると、メイドが小声であることを伝えた。

「……分かった、すぐに向かうとしよう。それと、あの男にも応接間へ来るようにと伝えておけ。この機会に紹介しておきたいからな」

「かしこまりました」

メイドに命じたジャーロ公爵は、すぐさま大広間から出て行こうとする。

「公爵様、どちらへ行かれるのですか？」

「ちょっとした所用だよ。すぐに戻る」

招待客のひとりが不思議そうに呼び止めるものの、ジャーロ公爵は手短に告げて大広間を抜け出す。そのまま応接間へ向かうと、フードを被った商人が待っていた。

「ごきげんよう、公爵様。そしてお誕生日おめでとうございます」

商人はソファーから立ち上がり深々と頭を下げる。

「まさか、君が祝いに来てくれるとは思っていなかったよ」

ジャーロ公爵は少し驚きながらも、商人と握手を交わす。

「あなた様は大事な取引相手ですからね。どうぞ、こちらをお受け取りください」

ソファーの脇には何やら木箱が置かれている。商人が蓋を開けると、その中には薔薇《ばら》が彫られた赤い小箱がぎっしりと詰まっていた。ジャーロ公爵は目を見張る。

「……仕入れるのに、もう少し時間がかかると言っていなかったかね？」

「本日に間に合うよう、取り急ぎ手配いたしました。私からの、ほんのささやかなプレゼントでございます」

「ふふふ……ありがとう。素晴らしい贈り物だ」

「はい。今後とも、ご贔屓によろしくお願いいたします」

ふたりがそんな会話をしていると、ドアを控えめにノックする音が聞こえた。

「失礼します」

入ってきたのは、燕尾服を着た金髪の青年。

「おや、あなたは……？」

「初めまして、グレンと申します」

グレンは表情を変えることなく、商人にお辞儀をした。ジャーロ公爵は冷ややかな笑みを口元に浮かべる。

「その男はサラの協力者だ。あの小娘が作った毒を、ヴァリエル侯爵に飲ませたのもこいつだよ。今後も何か使い道があるかもしれんと思い、手元に置いておくことにしたのだ」

「そういうことでしたか……。おっと、私はそろそろ、おいとまさせていただきます」

「なんだね、もう帰るのかね？」

ジャーロ公爵が少し残念そうな声で尋ねる。

「申し訳ありません。何かと多忙の身でございますので」

「そうか。おいグレン、外まで送り届けてやれ」

「いいえ、ひとりで大丈夫です。……では、あとのことはよろしくお願いしますよ」

商人は一礼して、応接間から去って行く。パタン……と、ドアを閉める音が静かに響く。

「さて……私たちも、会場に戻るとしよう」

「お待ちください、ご主人様。その前に、こちらをどうぞ」

グレンが懐《ふところ》から取り出したのは、銀色に輝く液体が入った小瓶だった。

「そ、それはまさか……」

小瓶を見て、ジャーロ公爵は大きく息を呑んだ。

「サラからご主人様へのプレゼントです。薬師レイフェルが作った薬だと言っておりました」

「ようやく完成したのだな……！　おお……なんと美しい輝きなのだ……」

ジャーロ公爵は小瓶を受け取ると、それを照明にかざした。

「……その薬は、どのようなものなのですか？」

「なんだ、サラから聞いていないのか？」

「はい……」

「では、教えてやろう。これは、辺境の地にのみ生息する薬草で作られた秘薬だ。そして……不老不死の効果をもたらす」

「不老不死？」

その言葉に、グレンは僅かに眉を顰《ひそ》めた。

ジャーロ公爵はそんなことを気にも留めずに緊張で震える手で栓を抜き、中の液体を一思いに呷る。想像していたような苦味はなく、ほんのりと甘い。そして薬を飲み干した途端、全身から力がみなぎるような不思議な感覚がした。

「ふふ……ふははは っ！　これで私は永遠に不滅だ……！　これでもう、私には恐れるものは何もない。そして計画も最終段階に入った……。よいか、グレン。くれぐれも抜かるでないぞ」

ジャーロ公爵は両手を広げながら、高笑いした。

「はい。肝に銘じております」

ジャーロ公爵は満足そうに頷《うなず》き、大広間に戻ろうとした。

「ああ、そうだ。貴様に香炉でもくれてやろう。今朝、趣味の悪いものを押しつけられてな。質屋にでも売り飛ばせば、そこそこ高く売れると思うぞ」

「……ありがたく頂戴します」

グレンは間を置いて、ゆっくりと頭を下げた。

「皆、公爵様が戻られるのをお待ちしておりましたよ」

「いったい、どちらにおいででしたの？」

ジャーロ公爵がパーティー会場に戻ると、ゲストたちが次々と声をかけてくる。彼らを適当にあしらい、薬師集団の元に向かう。するとそれに気づいたアレックスが、深くお辞儀をした。

「ジャーロ公爵様。本日はお招きくださり、誠にありがとうございます」

アレックスの言葉に合わせて、他の薬師も会釈する。その中には黒いロングワンピースに身を包んだサラの姿もあった。

「礼などいりませんよ。それよりも、あなた方のために特別に取り寄せたワインがあるのです。ぜひ、お召し上がりください」

そう言いながら、ジャーロ公爵は自分の斜め後ろに控えていたグレンを一瞥《いちべつ》する。彼は大事そうにワインボトルを携《たずさ》えていた。

「ありがとうございます、公爵様。ではお言葉に甘えて、いただきましょう」

アレックスがうれしそうに微笑みながら、ワイングラスを差し出す。グレンはボトルのコルクを静かに抜くと、注ぎ口をグラスへかたむけた。赤紫色の液体が、トクトクと音を立てて注がれていく。

「あなたも、グラスをこちらへ」

他の薬師のグラスにも同様に注ぎ終えると、グレンはサラにそう促した。

「申し訳ありません。彼女はまだ未成年なので、アルコール類はご遠慮させてください」

アレックスがやんわりとした口調で告げる。

「そうであったな。グレン、サラには葡萄《ぶどう》ジュースを持ってきてやれ」

「お気遣い感謝いたします、公爵様」

サラが恭しく礼を言うと、ジャーロ公爵は柔和な笑みを浮かべた。

「君には、日ごろから世話になっているからな」

「そういえばサラさんは以前、ミシェル様の家庭教師をしていたそうですね」

思い出したようにアレックスが言う。

「そうなんですよ、アレックス様。今も何かと、面倒を見てもらっているのですよ」

背後からサラの肩を叩きながら、ジャーロ公爵は相槌を打った。

「い、いいえ。面倒だなんて、そんな……」

ジャーロ公爵の言葉に、サラが照れ臭そうにはにかんだ笑みを浮かべる。

「さあ、ご主人様もどうぞ」

グレンはジャーロ公爵のグラスにもワインを注いだ。

「どれどれ……」

ジャーロ公爵はグラスを回しながら、鼻を近づけてみた。ベリー系の芳醇な香りが鼻孔に広がる。

異臭は特に感じられない。……これなら、薬師たちにも怪しまれないだろう。

「では、乾杯」

ジャーロ公爵はグラスを掲げたあと、ワインをそっと口に含む。甘みが強く爽《さわ》やかな口当たりに笑みが零れる。

「素晴らしいワインですね。とても美味しいです」

「ええ。渋みが少なく、とても飲みやすい……」

「流石《さすが》、公爵様のお選びになったワインですね」

アレックスを始めとする蛇の集いの面々も、よく味わいながら飲み進めている。

「いやぁ、喜んでいただけて何よりです」

ワインを楽しむ振りをしながら、ジャーロ公爵は彼らの様子を注意深く観察していた。万が一、この場で効き目が表れたら、計画が水の泡となってしまう。今のところは、何の変化もないようだが……

「待ちなさい！　ここは招待客以外立ち入り禁止だ！」

「ギャーッ！　離してくださーいっ！」

突如《とつじょ》、何者かの悲鳴が大広間に響き渡った。何事かと皆が入口へ目を向けると、見知らぬ人物が使用人たちに取り押さえられていた。おそらく会場へ押し入ろうとしたところを、捕まったのだろう。

「なんだ、あの小娘は……」

ジャーロ公爵は怪訝そうに顔を歪める。緑色のエプロンドレスを着た、おさげ頭の少女だ。貴族には到底見えない。

「中に入れてくださいっ！　公爵様に大事なお話があるんです！」

「いいから大人しくしないかっ！」

「ムキーッ！」

手足をばたつかせながら喚いている少女に、ジャーロ公爵は深い溜め息をついた。

「おい！　さっさとその小娘を摘《つま》み出して……」

「レイフェル様！」

少女へと慌ただしく駆け寄って行ったのは、アレックスだった。

レイフェル。その名前に、ジャーロ公爵は目を見開く。あの少女は、まさか……

「ウワーン、アルさん助けて～！」

レイフェルと呼ばれた少女が、情けない声でアレックスに助けを求めている。

「この方は、蛇の集いの人間です！　どうか、会場に通していただけないでしょうか？」

「……いかがいたしましょう？」

アレックスの言葉に、使用人たちは戸惑いながらジャーロ公爵に指示を仰ぐ。

「……構わん。彼女を離してやれ」

「は、はいっ」

彼らは返事をして、すぐさまレイフェルを解放した。

「うぅ～。ありがとうございます、アルさん……」

「いえ……それよりも、どうなさったのですか？」

「そ、そうだ！　ジャーロ公爵様ってどなたですか!?」

レイフェルが焦った様子で、キョロキョロと周囲を見回す。

「私だが、どのような用件かね？」

ジャーロ公爵は襟を正して、レイフェルへと歩み寄った。

「あ、あの私っ、公爵様のためにお薬を作ってほしいって、サラさんから頼まれていたんですけど……申し訳ありません！　渡すお薬を間違えちゃいましたっ！」

レイフェルはそう言って、勢いよく頭を下げた。

「まち……がえた？」

ジャーロ公爵の頭の中が、真っ白に染まる。

「ど、どういうことですか、レイフェル様!?」

サラは血相を変えて、レイフェルに問いかける。

「すみません！　サラさんに渡したのは、色をつけただけの砂糖水です！」

「そんな……っ」

サラが引き攣った表情でジャーロ公爵へ視線を飛ばす。そこでようやくジャーロ公爵は我に返り、ひゅっと息を詰まらせた。そんななか、レイフェルはポケットから何かを取り出した。

「あ、大丈夫です！　ちゃんと本当のお薬を持ってきましたよ！」

それは、先ほどグレンから渡されたものとよく似た小瓶だった。ただしこちらには、うっすらと緑がかった液体が入っている。それを見た瞬間、ジャーロ公爵は目の前の薬師に対して怒《いか》りが込み上げてきた。

「ふざけるなよ、小娘っ！　その薬を今すぐよこせ!!」

激しい怒号が響き渡り、大広間は水を打ったように静まり返った。

「そりゃ、間違えた私が悪いですけど、そんな言い方しなくたっていいじゃないですか」

「黙れ！　薬師ごときが、私に口ごたえするな！」

冷静さを失って高圧的に詰め寄るジャーロ公爵に、レイフェルはぷいっと背中を向ける。

「そういうことを仰るのでしたら、このお薬はお渡ししません！」

「んな……っ！」

「報酬もいりませんので。それでは失礼します！」

そう言い放つと頬《ほほ》を膨らませて、立ち去ろうとする。

「いいからよこせと言っているだろうが！」

怒《いか》りと焦りに突き動かされるように、ジャーロ公爵は後ろから飛びかかった。

「ギャッ！　な、何なんですか、あなた！」

「私にはその薬が必要なのだ！　早く、早く飲まなければ……っ！」

「いーやーでーす！　絶対に渡しません！」

なんとしてでも薬を奪い取ろうとするジャーロ公爵に、取られまいと抵抗するレイフェル。

「お、おふたりとも落ち着いてください！」

サラがなんとか仲裁しようとするが、ふたりの猛烈な取っ組み合いは続く。

「私は神になる男なのだぞ！」

「何をわけの分からないことを言ってるんですか！」

「いい加減に……せんか！」

そして、ジャーロ公爵がレイフェルの手から小瓶をもぎ取ろうとしたときだった。

「ドリャーッ！」

レイフェルは咄嗟に、小瓶を遠くに向かって放り投げた。

「「あっ」」

サラとジャーロ公爵の声が重なり合う。

小瓶は空中でくるくると回転したあと、床にコトン……割れることはなかったものの、その拍子に栓が抜けて、中身が床に零れてしまう。

「うわあぁぁぁっ！　一生懸命作った薬がーっ！」

レイフェルが両手を頬《ほほ》に当てながら、悲痛な叫び声を上げる。一方ジャーロ公爵は小瓶が落下した場所へ駆け寄ると、服が汚れるのも構わず這いつくばった。

「ひぃ、ひぃぃぃぃっ！　嫌だ、死にたくない……！」

そして青ざめた顔で、床に零れた薬を必死に舐める。公爵とは思えない惨めな姿に、人々は息を呑んで彼を凝視していた。

「ぐっ……!?　うぐっ……うげぇぇぇっ!!」

だがすぐにジャーロ公爵は口を手で押さえながら、大きく仰け反った。

「どうなさいましたか、ご主人様!?」

苦しみ始めた主《あるじ》に、使用人たちが慌てて駆け寄る。

「な、なんだ、このとてつもない苦さと辛《から》みは!? 口の中がおかしくなりそうだ!! 貴様、まさか薬に毒を混ぜたのか!?」

ジャーロ公爵が目に涙を浮かべながら叫ぶ。

「ちょっ、人聞きの悪いことを言わないでくださいよ! その薬はただの……」

するとレイフェルは、悪びれる様子もなく続ける。

「気つけ薬ですからね! めちゃめちゃ苦くて辛《から》いですよ!」

「気つけ薬ぃっ!?」

「へ? 公爵様がご依頼されていたのって、気つけ薬……ですよね?」

レイフェルはきょとんと首をかしげて、ジャーロ公爵に尋ねた。

「ど……どういうことだ、サラ!」

ジャーロ公爵はサラに視線を向けて、目を大きく見開く。先ほどまで顔を強張らせていたサラは、いつの間にかうっすらと笑みを浮かべている。

「何がおかしい!?」

「ふふ……失礼しました。まさか、本当に信じていらっしゃったなんて……不老不死の秘薬? そんなものは存在しません」

口元に手を添えながら、サラは冷ややかな口調で告げた。その言葉に、ジャーロ公爵の顔からみるみるうちに血の気が引いていく。

「じょ、冗談はよせ。早く薬をよこさぬか……」

「冗談ではありません。……それに、仮に実在したとしても、あなただけには渡さない」

ジャーロ公爵は何も言い返すこともできず、四つん這いになったまま虚ろな目で項垂れた。

「な、なんということだ……私はもう終わりだ……まさかこやつらと死ぬことになるとは……」

「公爵様、いったいどういうことですか？」

しゃがみ込んで、ぶつぶつと呟《つぶや》くジャーロ公爵の顔を覗き込みながら、アレックスが問いかける。

するとジャーロ公爵はのろのろと顔を上げて、呆けたように話し始めた。

「き、貴様らと私が飲んだワインには、毒を仕込んでいたのだ」

「毒っ!?　で、ですが、これといって中毒症状は感じられないのですが……」

「効果が表れるのは四時間後……ヴァリエル侯爵が飲んだものと同じ毒だ！」

ジャーロ公爵が声を張り上げて白状すると、その場にいた全員の顔色が変わった。

「私だけは永遠の命を手に入れて、助かる予定だったのに……。だが、あの小娘に騙されて……そ、そうだ！」

ジャーロ公爵は目を見開くと、アレックスの服にしがみついた。

「今すぐ解毒剤を作ってくれ！　金ならいくらでも出すっ！」

「……いいえ。その必要はありません」

静かに首を横に振るアレックスに、ジャーロ公爵は困惑の表情を浮かべる。

「正気か!?　解毒剤がなければ、貴様たちまで……」

そこでジャーロ公爵は、ハッと周囲を見渡した。薬師たちは毒を飲まされたというのに、誰ひとりとして狼狽えていない。

「……アレックス様の言う通りです。最初からあのワインには、毒など入っていませんからね」

落ち着き払った声に振り向くと、グレンがジャーロ公爵を見下ろしている。ジャーロ公爵はわけが分からず、目を白黒させていた。

「な、なんだ？　いったい何が起きている……？」

「まだ気づかねぇのか？」

呆《あき》れるような声とともに、大広間に入ってきたのは長身の男だった。ライフォスト侯爵家の子息にして、アスクラン王妃の弟である。ヴァリエル侯爵を毒殺した容疑で、警察に捕まったとグレンから聞いていたが……

さらに彼の背後から、ある人物が姿を現した。

「貴殿は我々の罠にかかったのだよ、ジャーロ公爵」

「き、きさ、貴様は……」

途端、ジャーロ公爵は全身を震わせながら、その男を指差した。新聞でも大々的に公表されていたはずの彼がここに存在するなんて有り得ないと、何度も自分に言い聞かせる。

「おや、まるで幽霊でも見たかのような顔だな……。ご挨拶《あいさつ》が遅れて申し訳ない、私がヴァリエル侯爵だ」

そう言いながら、ヴァリエル侯爵は冗談っぽく微笑んだ。

「毒で死んだのではなかったの!?」

「ほ、本物なのか……!?」

死んだはずの男の登場に、会場はどよめいていた。

「そんな馬鹿な……なぜだ!?　貴様は死んだはずだ！」

ジャーロ公爵はなんとか立ち上がると、ヴァリエル侯爵を睨《にら》みつけた。すると長身の男がニヤリと、意地の悪い笑みを浮かべる。

「ヴァリエル侯と警察がグルになって、一芝居打ってたんだよ」

「なんだと!?」

「あんた……違法薬物を取り扱ってたそうじゃゃねぇか。警察はそのことに気づいていて、密かにあんたをマークしていたんだよ。だがその程度じゃ、金と権力で揉み消されて逮捕にまでは漕ぎ着けねぇ。……けどよ、殺人教唆なら話は別だろ？」

「そこで我々は、アレックス王子たちの殺害を企てたことを、大勢の前で自白させようと思いついたのだよ」

ヴァリエル侯爵がそう明かすと、アレックスとレイフェルは大きく頷《うなず》いた。その様子を見て、ジャーロ公爵は奥歯を噛み締める。

「おのれ、ヴァリエル！　小賢しい真似を！」

「……毒の効き目を試すという目的で、サラたちに私の殺害を指示した貴殿には言われたくないな」

ヴェリエル侯爵は首をふるふると横に振りながら、肩をすくめた。

「ぐ……っ！」

「アルは他国の王族だから、その分罪も重いぜ。覚悟しておくんだな」

長身の男から冷たく告げられ、ジャーロ公爵は助けを求めるように周囲を見回す。だが、招待客たちは引き攣った表情を浮かべていて、誰も手を差し伸べようとはしなかった。

「さ、散々私に媚びておきながら……」

「……あなたはもう終わりです、公爵様」

静かにそう告げるサラに、ジャーロ公爵は拳を震わせる。この小娘に裏切られる心当たりなど、まったくなかった。

「おのれ、おのれぇっ！　私にいったい何の恨みがあるというのだ！」

「そうね……そろそろ教えてあげるわ」

サラは眼鏡を外して、結わえていた髪をほどく。ふわりと揺れる金色の髪。サファイアブルーの瞳がジャーロ公爵をまっすぐ見据える。

「この顔に見覚えはないかしら？」

「そんなのあるわけが……ん？　待てよ……」

初めて見たはずなのに、なぜか記憶にうっすらと残っている。かつて、よく似た顔立ちの女がいたような……

「……アリシア？」

「ようやく気がついたのね、お父様……」

あの女と同じ顔が苦い笑みを浮かべている。そうだ。時折、サラの表情に何かを感じていたのだ。

ハッと背後を振り向けば、グレンが睨《にら》みつけるような眼差《まなざ》しを向けていた。

「貴様らはまさか、アリシアの……！」

ジャーロ公爵は動揺のあまり、声を震わせた。

アリシア。彼女はとある男爵家の令嬢で、美しい金髪と青い瞳の持ち主だった。雪のような白い肌と、人形のような端正な顔立ちに多くの男が虜となった。ジャーロ公爵はそんな彼女と結婚して、ふたりの子どもを儲けたのだ。しかし……

「そう。あなたに捨てられた前妻の子どもよ。十五年前、愛人だった女を新たな妻に迎えるために、あなたは母と私たちを屋敷から追い出したわ……」

サラの言葉にジャーロ公爵は息を呑む。

「や、やかましい！　あんな面白みのない女など、私の妻として相応しくなかっただけだ！」

「私たちにとっては、たったひとりしかいない大切な人だったのよ‼」

サラは激情に駆られるように叫んだ。そして、これまで黙したままでいたグレンが、目を伏せながら口を開く。

「屋敷から追い出されたとき、母の実家はあなたの差し金で没落させられたあとだった。帰る場所もなくなった俺たちは、平民としてひっそり生きていくことにしたんだ。サラはまだ小さかったし、苦労も多かったけれど、それでも幸せだったよ。……母が病で亡くなる前までは」

「残された私と兄は、ずっとあなたを恨み続けていた。いつか復讐してやろうと思っていたわ。だから私はミシェル様の家庭教師となって、その機会を窺っていたの」

淡々と語られていく真実に、その場にいた人々は神妙な面持ちで聞き入る。だがジャーロ公爵だけは、目を尖らせて肩を震わせていた。

「くだらん……そんな理由で、私の計画を台無しにするとは……！」

その言葉に、ヴァリエル侯爵が目を吊り上げた。

「くだらんだと？　彼らが今までどのような思いで生きてきたか……」

「黙れ！　ええい、絶対に許さんぞ……私の邪魔をした報いを受けるがいい！」

ジャーロ公爵が近くのテーブルに置かれていた果物ナイフを握り締め、サラに向かって駆け出す。

「逃げろ、サラ！」

グレンが鋭く叫んだ次の瞬間、鈍い音を立ててナイフが突き刺さる。ポタ、ポタ……と床に滴り落ちる赤い血。

「あ……あ……」

サラは大きく目を見開き、目の前の光景を呆然《ぼうぜん》と見つめていた。ヴァリエル侯爵が正面からジャーロ公爵の突進を受け止めていたのだ。

「は、はは……間に合ってよかったよ……」

ヴァリエル侯爵は振り返りぎこちなく微笑むと、腹部を押さえながら倒れ込む。カシャーン、と赤く濡れたナイフが床に落ちた。

「キャアァァァッ！」

「ヴァリエル侯爵が刺されたぞっ！」

「は、早くっ、早く逃げないと……！」

女性が甲高い悲鳴を上げたのを皮切りに、招待客たちがパニックを起こして、出口へと一斉に走り出す。

「貴様ぁぁぁっ！　どこまでも、私の邪魔をするか!!」

ジャーロ公爵が怒《いか》りの形相で、倒れているヴァリエル侯爵を蹴りつけようとする。

「やめろ……っ！」

「ガハッ！」

咄嗟にグレンがジャーロ公爵を殴り飛ばし、彼は壁に叩きつけられる。

「どうして……どうして私なんかを庇ったりしたの……!?」

腹部の刺し傷から溢れ出した鮮血が床を赤く染めていく。サラは困惑の表情を浮かべながら、その場に立ち尽くしていた。そんな彼女の肩をアレックスが力強く叩く。

「落ち着いてください、サラさん！　今は止血をするのが先です！」

喧騒の中、薬師たちが慌ただしく応急処置に取りかかる。ヴァリエル侯爵は既に意識を失い、弱々しく呼吸を繰り返していた。

「ダメだ……。出血が酷《ひど》くて、止血が間に合わない……！　万が一に備えて、止血剤を持ってくるべきだったのに……」

アレックスは後悔の念で唇を噛み締めた。他の薬師たちの顔にも諦めの色が浮かぶ。しかしサラだけは、傷口に布を押し当てて血を止めようとしていた。

「目を開けて、侯爵様！　お願い、死なないで……っ」

その願いも虚《むな》しく、ヴァリエル侯爵の心音は徐々に弱まっていく。ここまでか……とアレックスが力なく項垂れたときだった。

「アルさん！」

突然名前を呼ばれて、ハッと顔を跳ね上げる。

「……この薬を使わせてください」

レイフェルは覚悟を決めたような硬い表情で、ポケットから小瓶を取り出していた。その中には、銀色に輝く液体が入っている。

「レ、レイフェル様……まさか、それは……」

「はい。……聖域の薬草で作った秘薬です」

◆◇◆

小瓶を握り締めながら、私はイーナ村の長老にこれを渡そうとしたときのことを思い返していた。

『いいが、薬師。おめが採ってぎだ、あの薬草はな。百年に一度しか生《は》えない伝説の薬草だ』

『そ、そんなにすごいものだったんですか!?』

『んだ。そんでその薬草で作った秘薬は、どげな傷でも癒《いや》すこどができる……多分』

『多分⁉』

最後の一言で、信憑性が一気に低くなっちゃった。

『それが本当なのがは、おらだづにも分がらね。不老不死の薬なんて、わけの分からねぇ噂もあるぐらいだ』

『はぁ……』

半信半疑で聞いていると、長老は薬が入った小瓶を私に差し出した。

『あの薬草は、おめが授がったものだ。んだがらこの薬は、おめが持って行け』

そう言われて、持ち帰っていた伝説の秘薬。……私は、奇跡を信じたい。


「そ、それを私によこせ！　不老不死っ！　永遠の命ぃっ！」

「うるせぇ！　テメェはちょっと黙ってろ！」

ヨダレを垂らしながら、こちらに駆け寄ろうとするジャーロ公爵をハルバートさんが羽交い締めにしている。よし、そのまま押さえていてください。

私はヴァリエル侯爵のそばにしゃがみ込むと、小瓶の栓を開けた。そして患部に、薬をそっと垂らす。途端、薬が強く輝き出した。

「うわぁぁっ……⁉」

く、薬を作ったときと同じ光だ！

そしてその光が傷口を包み込むと、一層輝きを増して、ほんのりと温かさを感じた。目を凝らしながら見てみると、傷口がみるみるうちに塞がっていく。

「こ、これが秘薬の力……！」

アルさんたちも瞬きをすることもなく、じっと見入っている。そしてあっという間に、刺し傷は跡形もなく消えたのだった。

「……」

目の前で起きた出来事に、私たちは暫し言葉を失っていた。

「うぅ……？」

ヴァリエル侯爵が睫毛《まつげ》を震わせながら、ゆっくりと瞼《まぶた》を開く。

「侯爵様！」

サラさんが目に涙を浮かべながら、顔を覗き込む。

「私はいったい……？　ジャーロ公爵に刺されたはずでは……」

ヴァリエル侯爵が不思議そうにお腹をさすっていた。あれだけ血を流していたのに、顔色もすっかり元通り。

「よ、よかったぁ〜！」

なんだか安心したら力が抜けて、私は床に座り込んでしまった。長老、伝説は本当だったよ……

すると大広間に、厳《いか》つい顔をしたおじさんたちが次々と入ってくる。

「ジャーロ公爵！　殺人教唆の疑いで、貴殿を逮捕する！」

ヴァリエル侯爵があらかじめ呼んでいた警察たちが声高らかに宣言し、逮捕令状を掲げる。な、なんだかかっこいい……！

「おう。公爵はここだぜ」

「や、やめろっ。離さんか！」

ハルバートさんに襟首を掴まれて、ジタバタと暴れているジャーロ公爵。

「犯人逮捕のご協力、感謝いたします！」

「大人しくしろ、公爵！」

「往生際が悪いぞ！」

彼の抵抗も虚《むな》しく、警察に引き渡されてしまった。

「捕まえるなら、奴にしろ！　私は悪くないっ！　私も被害者なんだぁぁっ！」

「はいはい。あとでゆっくり話を聞いてやるからな」

ううん？　ジャーロ公爵の様子がちょっとおかしいな。目の焦点も合っていないし、ヨダレをダラダラと垂らしている。逮捕されて、錯乱しているのかな……？

「……公爵はおそらく、薬物の中毒症状を起こしていますね。彼は、違法薬物が含まれたお香を、貴族たちに売り捌いていました。多分、自身も常用していたのでしょうね」

アルさんが険しい顔でぼそりと言う。

「わぁー、オ、お香ってコワイデスネー……」

私は気まずくて、視線を逸らした。そんな危ないものを、一回だけ使ったなんて口が裂けても言えん！

「レイフェル様？　どうなさったのですか？」

「な、なんでもないですっ！」

アルさんにきょとんとした表情で尋ねられ、私は力強く首を横に振る。そのとき。

「お父様！」

大広間に響き渡る声。皆が視線を向けると、ドアの前にミシェルさんが立っていた。騒ぎを聞きつけて慌てて飛んで来たのか、今にも泣きそうな顔でジャーロ公爵へ駆け寄って行く。

「やめて、お父様を連れて行かないで……！」

「ミシェルお嬢様……」

とんでもない極悪人でも、ミシェルさんにとっては大好きなお父さんなんだよね。その姿を見て、使用人たちも表情を曇らせている。

「……貴様も私を裏切ったのか？」

ところがジャーロ公爵は、ミシェルさんをきつく睨《にら》みつけながら低い声で問いかけた。

「え？　裏切ったって……」

「とぼけるな！　貴様もあいつらと共謀して、私を陥れようと企んでいたんだろう⁉」

「あいつら？　共謀？　何のこと……？」

激しく詰め寄られて、思わずあとずさりをするミシェルさん。

「待って！　この子は何も知らない！　ただ、あなたのことを心配して……！」

サラさんが強張った表情でジャーロ公爵の前へと飛び出す。

「貴様の言葉など誰が信じるかっ！　ハァー、ハァー……怒りで頭がおかしくなりそうだ。お香を、お香を使わせろ。あの香りを嗅げば、落ち着くんだ」

　頭をぶんぶんと振り乱しながら、ジャーロ公爵がそんなことを言い始める。

「私の部屋に山ほどあるんだ。誰にも渡さんぞ！　あれは全部私のものだ！　どうしても欲しければ、全財産を差し出せ！　そうすれば一個くらいはくれてやってもいいぞ！　ふぁーはっはっは……っ！」

「……おい、連れて行くぞ」

　渋い顔つきをした警察の人たちが、ゲラゲラと笑うジャーロ公爵を大広間から連れ出す。廊下から、笑い声が聞こえてくる……

「お父様……」

　ミシェルさんは呆然《ぼうぜん》と立ち尽くしていた。

「ミシェルお嬢様、お部屋に戻りましょう」

　メイドに声をかけられてミシェルさんはコクンと頷《うなず》き、この場から立ち去ろうとする。けれどすぐくるっと振り返ってサラさんへ近づく。

「あのね。さっき、私のために怒ってくれてありがとう」

「ミシェル様、私は……」

「私、ちょっと疲れちゃったからお部屋に戻るね。またあとでお話ししようね」

　ミシェルさんが大きく手を振りながら廊下に出て行く。その後ろ姿を見て、サラさんは目を伏せて俯《うつむ》いた。

「サラさん、グレンさん。あなた方にも色々とお聞きしたいことがあります。署までご同行願えますか？」

「……はい」

サラさんはゆっくりと顔を上げると、警察に付き添われながら大広間をあとにする。

「皆さん、ありがとうございました」

グレンさんも私たちへ一礼して、あとに続く。

これでよかったんだよね……？　だけど、ミシェルさんのことを思うと胸がちくりと痛んだ。

「……さあ、我々も帰るとしよう。あとのことは警察がやってくれるさ！」

重苦しい空気を一掃するように、ヴァリエル侯爵が明るい声で呼びかける。

「そうですね。ヴァリエル侯爵も屋敷で安静になさってください」

アルさんの言う通り。傷は治せたけれど、念のためにゆっくりと体を休めてほしい。

「君は心配性だな、王子。私のことより、こいつを心配してやりなさい」

「いでっ！　何すんだよ、ヴァリエル侯！」

ヴァリエル侯爵がハルバートさんの背中をバシンと叩いた。おおっ、いい音。

「警察から聞いたぞ。留置場にいる間、ずっと飲んだくれていたそうじゃないか」

ありゃ。看守さんってば、結局お酒を飲ませちゃってたのかー。それを知ったアルさんは、呆《あき》れたように溜め息をついた。

「ハルバート様……あとでしっかりと健診を受けてもらいますからね」

「お、おう。……けど、あんたも人が悪いぜ。殺されるふりをするならするで、俺に教えてくれたっていいじゃねぇか」

ハルバートさんはジト目でヴァリエル侯爵を睨《にら》みながら、拗ねた口調で言った。

「すまんすまん。この計画を知る人間は最小限に抑えろと、警察に言われていたのだよ。それに、ともに行動すれば、ジャーロ公爵に命を狙われる可能性だってあったのだ。お前にそんな迷惑はかけられないよ。にしても、私が留置場に迎えに行ったときは、口を大きく開けてすごい顔をしていたなぁ」

そのときのことを思い返して、くすくすと笑うヴァリエル侯爵。

んも〜、完全に面白がってるな？　ハルバートさんだって、本当に悲しんでいたんだから。

私とアルさんも、ヴァリエル侯爵が生きていると知ったのはつい先日。サラさんに毒のことを問い詰めていたときのことだった。そう、あの場に現れた意外な人物とは、彼だったのだ！


『ヴァリエル侯爵様が、生きてるぅ!?』

『なぜ、あなたが!?』

『グレンは私に毒などを盛っていなかった。それだけの話だよ』

私たちが目を白黒させていると、ヴァリエル侯爵は悪戯が成功した子どものように笑った。

『グレンが私に全て明かしてくれたよ。ジャーロ公爵の企みも、それに従う振りをして、君たちが何をしようとしているのかもね……』

泣きはらした目で呆然《ぼうぜん》としているサラさんの目の前に、ヴァリエル侯爵がしゃがみ込む。

『誕生日パーティーの際に、公爵のワインにだけ君が作った毒を仕込んで、奴を殺すつもりだったのだろう？　そんなことをしても君たちの心が傷つくだけだ。君には辛《つら》い思いをさせたくないと、グレンも言っていたよ』

『だって……っ』

すんすんと洟を啜るサラさんに、ヴァリエル侯爵は穏やかに微笑みながら頭を撫《な》でる。

『君は意地っ張りなくせに泣き虫だな。そういうところは、本当に昔から変わらない』

『……昔から？』

『……しかし、公爵を懲らしめてやりたいのは、私も同じだ。だから、君も私たちの計画に協力してくれないだろうか？』

ヴァリエル侯爵は立ち上がると、屈みながらサラさんへ手を差し伸べた。

『でも、私はあなたのことを殺そうとして……』

『だが、結局殺さずに済んだのだ。それでいいじゃないか』

サラさんは、ヴァリエル侯爵の顔をじっと見上げていた。そして服の袖で涙をぐっと拭ってから、その手を取って立ち上がった。

『……アルさん』

『はい。レイフェル様』

私はアルさんと頷《うなず》き合うと、ビシッと手を挙げた。

『ヴァリエル侯爵様！』

『なんだね、レイフェル君』

『私たちにも、ジャーロ公爵退治のお手伝いをさせてください！』

するとヴァリエル侯爵は、口角を吊り上げて笑った。あっ、なんだか悪い大人って感じがする。

『もちろんだ。本当は巻き込むつもりはなかったが、ここまで知ってしまったのだ。手を貸してもらうよ』

そんなわけで実行されたのが、『公爵に自白させよう大作戦』。ちなみに気つけ薬は、単なる嫌がらせだよ！


ジャーロ公爵の事件から一週間。あの日の翌日の新聞は飛ぶように売れて、新聞社も慌てて増刷したらしい。ヴァリエル侯爵が生きていたことや、ジャーロ公爵が逮捕された記事が大々的に載っているからね。しかもふたつの事件が実は繋がっていたということで国中が大騒ぎ。

けれど、それらの記事の中に、サラさんとグレンさんの名前は見当たらなかった。

「うぅ〜〜〜ん」

私はリビングで腕を組みながら、延々と唸っていた。横でその様子を見ていたティアが、焦れたように袖を引っ張ってくる。

「早く決めないと、アルさんたちが迎えに来ちゃいますよ！」

「待って！　今決めるから……！」

うむむ、どれにしようかな。レモンをベースにした爽《さわ》やかな柑橘《かんきつ》系もいいけれど、薔薇《ばら》や百合の上品なフローラル系も捨てがたい……

「どうしよう！　全然決められないよー！」

「しょうがないなぁ。じゃあ、これにしましょう！」

ティアは黄色い小箱を手に取ると、私のポケットにねじ込んだ。

「喜んでくれるかなぁ……」

「レイフェルさんが作ったものだし、大丈夫ですよ！　というわけで、レッツゴー！」

ティアに引きずられて、お店を出る。その言葉、信じてるからね……！

「おはよう、ふたりとも。どこかにお出かけかね？」

「はーい、行ってきまーす！」

村人に声をかけられて、ティアと一緒に手を振る。

「……やっと村のみんなも、落ち着いてきたね」

「ですねぇ……」

アルさんがジャーロ公爵に命を狙われていたって新聞に載っちゃったせいで、村人たちから根掘り葉掘り聞かれて大変だったんだよね。

「レイフェル様、ティア様。こちらです！」

村の入口には既に馬車が停まっていて、アルさんとハルバートさんが待っていた。

「遅くなってすみませーん！」

「いえ。僕たちも今来たばかりですので、お気になさらないでください」

「それじゃあ、出発するか！」

ハルバートさんの言葉に頷《うなず》いて、馬車に乗り込む。

「……おや？」

しばらく馬車に揺られていると、アルさんが急に顔を近づけてきた。

「はわわっ！　ティアとハルバートさんが見てる前で、そんな！」

「し、失礼しました！　レイフェル様から、何やらいい香りがするので……」

「へ？」

「そういや、さっきから果物や花のにおいがするな」

ハルバートさんもクンクンと鼻を鳴らしている。

「あー……近所の奥さんが香水をつけてくれたんです」

実は今、新商品の開発をしているんだけど、アルさんたちにはまだ秘密。最初に教えるのは、あの人にしようって決めているからね。

窓の外に視線を向けると、ヴァリエル侯爵の屋敷が見えてきた。ここを訪れるのは二度目だ。

「あ、あそこを見てください！」

ティアが屋敷の玄関前を指差す。するとそこには、ヴァリエル侯爵……だけじゃなくて、サラさんとグレンさんも立っていた。

「皆さん、お久しぶりです！」

私は馬車から降りて、三人へ駆け寄って行った。

「皆様もお元気そうで何よりです」

ニッコリと微笑みながら、ペコリとお辞儀をするサラさん。その隣では、グレンさんが無言でこちらを睨《にら》みつけてくる。ひぃぃっ。やっぱり、この人めっちゃ怖い！

「兄さん、レイフェル様が怖がってるわよ。……申し訳ありません。この人、緊張していると顔が険しくなってしまうんです」

「……すみません」

サラさんが溜め息をつきながら説明をすると、グレンさんは頭を深々と下げた。今までずっと怖い顔をしていたのは、そういうことだったんかい！

「しかし、ふたりとも案外と早く釈放されたんだな」

「彼らは毒を精製しただけで、使用はしていないからな。それにジャーロ公爵の逮捕に貢献したとして、今回は特別にお咎めなしだ」

感心した口ぶりのハルバートさんに、ヴァリエル侯爵はパチンとウインクをした。もしかしたら、ふたりを釈放するように警察にかけ合ったのかな。

「さあどうぞ、中に入りたまえ」

ヴァリエル侯爵に促されて屋敷にお邪魔すると、数人のメイドに出迎えられた。この人たち、どこかで見たことがあるような……

「まずは、君に見てほしいものがあるんだ」

先頭を歩いていたヴァリエル侯爵が、サラさんのほうを振り向きながら言う。

「私に……でしょうか？」

「着いたよ。この部屋だ」

ここって……ヴァリエル侯爵の私室？

部屋の中に入って最初に目に留まったのは、女性の肖像画だった。いつ見ても綺麗だなぁ。

するとサラさんが、目を大きく見開きながら絵に駆け寄った。

「この絵……私？」

その呟《つぶや》きを聞いて、私は「あっ」と声を上げた。言われてみれば、眼鏡を外したサラさんとそっくりだ！

「絵のモデルは、アリシア。君たちの母親だよ」

ヴァリエル侯爵は絵の女性を見つめながら、優しい声で告げた。

「お母さん……？」

「そう。実を言うとね、アリシアは私にとって初恋の人だったんだ。……金にものを言わせたジャーロ公爵に奪われてしまったがね。だから君たちが屋敷を追い出されたと知ったときは、必死になって捜したよ」

ヴァリエル侯爵はそう言いながら、昔を懐かしむように笑う。サラさんが目を丸くしていると、グレンさんが静かに口を開いた。

「サラ。お前はまだ小さかったから、覚えていないだろうけど……ヴァリエル侯爵が、よく会いに来てくださっていたんだ。お前を肩車して、あやしていたこともあった」

「そうだったの!?」

「俺たちの生活費や、母さんが病気になったときに、治療費を援助してくださったのもヴァリエル侯爵だ」

「本当は、君たちを家族として迎え入れたかったのだがね。『あなたに迷惑をかけたくない』とフラれてしまったよ。……とても芯の強い女性だった」

ヴァリエル侯爵は肩をすくめながら、少し寂しそうに微笑んだ。

「だから、彼女の代わりに君たちを守ろうと決めたのだ。グレンを執事として雇ったのも、そのためさ」

「そうだったのですね……」

サラさんは目を細めて絵を見つめていた。

静寂に包まれる室内。すると突如《とつじょ》、ドアをドンドンとノックする音が響き渡った。だ、誰!? みんなの視線が集まるなか、ドアが勢いよく開く。

「あーっ！　レイフェルさんたち、ここにいたんですね！」

「えっ!?」

嬉しそうに部屋へと入ってきたのは、ミシェルさんだった。どうして、ヴァリエル侯爵の屋敷にいるんだろう？　と疑問が浮かぶ。

「ああ。その子は養子として、私が引き取ることになったのだよ」

私がぱちぱちと瞬きをしていると、ヴァリエル侯爵はサラリと言った。マジですか……！

「ジャーロ公爵家があんなことになってしまったからね。他にも、行く当てのない使用人をうちで雇ったのだ」

そっか。私たちを出迎えたメイドたちは、ジャーロ邸で働いていた人たちだったんだね。

「ミシェルから君たちに会いたいと頼まれてね。だから今日は、こうして集まってもらったのだよ」

「ありがとう、おじさ……あ、ごめんなさい。お父様！」

ミシェルさんは自分の口を手で塞いで、そう言い直した。

「私たちもミシェルちゃんに会いたかったよー！」

「だな。元気にしてたか？」

ティアとハルバートさんが明るい調子で、ミシェルさんに話しかける。

「はい、とっても元気です。……グレンさんは、ちょっと怖いけど」

ぼそっと言われて、グレンさんは明後日の方向を向いた。あー、これは落ち込んでますなぁ。

「あのー、あまり気にしないほうが……」

慰めようとすると、誰かに肩をちょんちょんとつつかれる。くるりと振り向くと、サラさんがいた。

「レイフェル様、少しよろしいでしょうか？」

そう声をかけられて、ふたりで庭園へ向かう。薔薇《ばら》の優しい香りが私たちを包み込む。それにしても、色んな種類の薔薇《ばら》が咲いているな。王道の赤い薔薇《ばら》だけじゃなくて、白、黄、ピンク……わぁ、真っ黒な薔薇《ばら》なんて初めて見た！

「……レイフェル様。少し前に土地開発のせいで、森に入れなくなったときのことを覚えていますか？」

私が薔薇《ばら》たちを眺めていると、サラさんがそう尋ねてきた。

「あ、覚えてます覚えてます！　あのときは、イーナ村のことを教えてくれてありがとうございました！」

「……ボラン侯爵に土地開発を命じたのは、父でした。アレックス様が不在のときに、森を立ち入り禁止にすることで、私がレイフェル様をイーナ村に向かうように仕向けたのです。例の薬草を持ち帰らせるために」

途端、生ぬるい風が強く吹き荒れた。ザアァ……と、葉擦れの音が聞こえる。

「……はい」

私が相槌を打つと、サラさんは辛《つら》そうに顔を歪めながらも、言葉を続けた。

「父が売り捌いていたお香をお渡ししたのも、あなたに取り入る狙いがありました」

「はい」

「私は……復讐のためとはいえ、あの男の命令に従っていました。そして、レイフェル様を利用したのです。……申し訳ありませんでした」

そしてサラさんは掠れた声で謝りながら、体を畳むように深く頭を下げる。私は彼女のつむじをじっと見つめたあと、口を開いた。

「……サラさん、顔を上げてください」

恐る恐る顔を上げたサラさんの両手を握り締めると、私を映すサファイアブルーの瞳が揺れる。

「私、怒ってませんよ。だってサラさんは、大切な友達なんですから！」

「レイフェル様……」

「あっ、そうだ」

大事なことを忘れてた。私はポケットに入れっぱなしだった小箱を取り出した。

「これ、サラさんへのプレゼントです！」

「……中身を見ても、よろしいでしょうか？」

「どうぞどうぞ」

小箱を受け取ったサラさんが、不思議そうに蓋を開ける。その中には円錐状の物体が入っていた。

「こちらは、お香ですか？」

「実はうちでも、取り扱ってみようと思いまして！」

ジャーロ公爵の一件以来、貴族たちはお香を警戒して避けるようになっちゃったらしい。その代わり、平民の間で大ブームが巻き起こっているんだよね。もちろん安全なものだよ。

というわけで、当店もこのビッグウェーブに乗ることにしました！

「試作品のひとつなんです。ぜひ使ってみてください。ちょっと珍しい香りですけど、きっと喜んでもらえると思います」

「はい……ありがとうございます、レイフェル様」

「それと……お香作りをしていることは、まだアルさんにも話していないんです。だから、みんなには秘密にしておいてください！」

私が口元に人差し指を添えながら言うと、サラさんは小さく噴き出した。

「分かりました。私たちだけの秘密ですね」

そして大切そうに、小箱を両手で包み込んだのだった。

第十一話　大切な妹

　夕方になると、レイフェルたちは帰って行った。

「皆さーん！　また遊びに来てくださいねー！」

　ミシェルは正門前で、彼らを乗せた馬車に向かっていつまでも手を振り続けた。サラはその傍らで、静かに佇んでいた。

「今日はレイフェルさんたちとお菓子を食べたり、庭園をお散歩したりして楽しかったね！」

「はい、とても優しい方々でしたね」

「……サラも、今日はもう帰っちゃうの？」

　空色のローブを摘《つま》みながら、ミシェルが寂しそうに見上げてくる。サラは少し考え込んで、首を横に振った。

「そうですね……。今夜は、泊まらせていただこうと思います」

「ほんと？　やったー！」

「はい。それでは、そろそろ中に戻りましょうか」

　ふたりで手を繋いで屋敷に戻る。玄関の扉を開けると、グレンが無表情で立っていた。

「ひゃっ」

ミシェルは慌ててサラの後ろに隠れてしまう。誰に対しても人懐っこいミシェルも、グレンのことだけは苦手らしい。

「怖がらなくても大丈夫ですよ、ミシェル様」

サラの背後からチラチラと様子を窺っている。

「そういえば、ミシェル様。お香に興味はございますか？」

「お香？」

「知り合いからいただいたのです。いい香りがするそうですよ」

サラが黄色い木箱を見せると、ミシェルは目を輝かせた。

「ねぇねぇ、使ってみて！」

「分かりました。よろしければ、グレン様もご一緒にいかがですか？」

「私も……ですか？」

グレンは気まずそうにチラリとミシェルへ視線を向けた。ミシェルも猫のように目を丸くして固まっている。そんなふたりに構わず、サラは話を進めていく。

「こういうことは、みんなで楽しむものですからね」

「そ、そうだよね……。グレンさん、よろしくお願いしますっ！」

ミシェルはサラの後ろから出てくると、ペコッとお辞儀をした。

「こちらこそよろしくお願いします。それと……あ、いえ……」

「どうなさいました？」

ごにょごにょと口ごもる様子に首をかしげながら、サラが続きを促す。

「あの……お香を焚くのでしたら、ちょうどいいものがございます」

ぼそりと告げて、グレンはふたりを自分の部屋へ招いた。

必要最小限のものしか置かれていない殺風景な室内だ。グレンは戸棚を開けると、何かを取り出した。

「こちらです。ある方からいただきました」

そう説明しながら、黄金細工の香炉をテーブルに置く。それを見て、ミシェルは目を見張った。

「これって……」

「どうなさいました？」

「私がお父様にプレゼントした香炉なの……」

ぽつりと言うミシェルに、グレンは息を呑んだ。そして眉間に皺を寄せながら、語り始めた。

「ジャーロ公爵様は、ご自分がもうじき逮捕されることを悟っておいででした。ですから、警察に押収されてしまわないように、私へ託されたのです」

「……そっか……ありがとう、グレンさん」

ミシェルはぎこちなく微笑んで、香炉を優しく撫《な》でた。

「公爵様がそのようなことを？」

「はい。とても大切なものだと、おっしゃっていました」

視線を床に落としながら答えるグレンに、サラはそれ以上詮索しようとはしなかった。

「それでは……こちらをお借りしますね」

香炉の蓋を開けて、中にお香をそっと置く。その先端にマッチで火を点けると、白くて細い煙がくすぶり始めた。そのことを確認して、蓋を被せる。

「わぁぁぁ……！」

ミシェルは目を輝かせながら香炉に顔を近づけ、クンクンとにおいを嗅いでみる。

「どうですか、ミシェル様？」

「すごいすごい！　とっても甘い香りがするよ！」

ということは、バニラ系統だろうか。サラも煙を吸い込むと、柔らかな芳香が鼻孔に広がった。

「あら？　これは……」

「……キンモクセイですね」

グレンがぽつりと言う。

「キンモクセイ？」

初めて聞く言葉に、ミシェルはきょとんと首をかしげた。

「異国の花です。この国では珍しい種類だそうです」

「そうなんだー！　そのキンモクセイってどういうお花なの？」

「た、確か、オレンジ色の小さな花で……」

「うんうん！」

たどたどしく説明するグレンと、両手で頬杖《ほおづえ》をつきながら相槌を打つミシェル。左手首に、はめた銀のブレスレットがシャランと鳴った。

その光景を見て、サラは瞼《まぶた》を閉じた。

ミシェルの両親はもう戻ってこない。父親のジャーロ公爵は逮捕されて、母親も以前から関係を持っていた男と行方《ゆくえ》をくらましてしまったのだ。きっとこれから先も、辛《つら》い思いをたくさんするだろう。だから、自分たちがこの子を守り続けていくのだ。ヴァリエル侯爵がそうしてくれたように。

そしてミシェルが大きくなったら伝えようと、グレンとともに誓った。

あなたは、私たちの大切な妹だと。

「……どうしたの、サラ？　眠たくなっちゃった？」

「いいえ、なんでもありませんよ」

サラは瞼《まぶた》を開くとミシェルの頭を撫《な》でながら、そっと微笑んだ。その手首には、サファイアブルーの石が光り輝いていた。

第十二話　残された問題

今日は、アルさんと港町でデート。

以前ティアと行こうとした町で大人気のリゾット屋で、お昼ごはんを食べることにした。私が注文したのは、キノコのレモンクリームリゾット。

「んー！　美味しい！」

超濃厚なクリームにちょうどいい米の柔らかさ、キノコもたっぷり入っている。

さらにほんのりと香るレモンの風味のおかげで、クリームのくどさを感じない。こりゃ人気なのも頷けるね！

美味しい昼食を堪能しながら、アルさんとのお喋りを楽しむ。するとここで、衝撃の事実が発覚。

「えーっ！　サラさん、蛇の集いを辞めちゃったんですか⁉」

びっくりして、思わずスプーンを手から滑り落としてしまった。やっぱり居づらくなっちゃったのかな。

しょんぼりと俯《うつむ》くと、アルさんはこう続けた。

「今後は孤児院の職員として働くそうですよ」

「孤児院？」

「ヴァリエル侯爵が、運営費を寄付しているところだそうです」

あそこか！　薬師のサラさんが働くってことは、孤児院はこれでお薬に困ることもなくなるんじゃないかな。お香の感想も聞きたいし、今度会いに行ってみよう。サラさんの問題はひとまず解決のようだ。

しかし、私にはひとつだけどうしても気がかりだったことがある。

「あの、アルさん……すみませんでしたっ！」

「え!?　ど、どうなさったのですか、レイフェル様」

突然深々と頭を下げた私にアルさんが目を丸くする。私は気まずくて、目を逸らしながら話す。

「私……イーナ村から秘薬を持ち帰ったことを、アルさんに黙ってました。本当は蛇の集いの一員として、ちゃんと報告しなくちゃいけなかったのに……」

次の瞬間、視界の隅でアルさんが笑っているのが見えた。

「そんな些細なことで謝らないでください」

「些細なことじゃないですよ！　だって、あんなにすごい薬を……」

「すごい薬だからこそ、誰にも話してはいけないと思ったのですよね？」

「はい……」

私はゆっくりと頷《うなず》いた。

どんな傷でも癒《いや》すことができる秘薬。

そんなものが世の中に知れ渡ったら、大変なことになるような気がしたのだ。特別な薬草が生《は》える森があるとわかったらイーナ村にも、迷惑をかけちゃうだろうし……だからサラさんにも隠すことにした。

「それに……レイフェル様が肌身離さず持ち歩いていたおかげで、ヴァリエル侯爵を救うことができました。僕はあなたが正しいことをしたと思っています」

「……ありがとうございます」

アルさんの優しい言葉がじーんと心に響く。

「秘薬といえば、ひとつ気になることがあるんです。ジャーロ公爵は、不老不死の話なんて誰から聞いたんでしょうか？」

しかも神になるとか、わけの分からないことを言ってたし……

「そのことですが、公爵は警察の取り調べで、秘薬さえ手に入れれば、永遠の命を得て、神の存在にもなれるととある商人から教えられたと証言しているそうです。例のお香も、その者から仕入れていたらしいですね」

アルさんは眉根を寄せながら、話を切り出した。

「商人……？」

「ええ、……そして、秘薬の情報との交換条件として商人が依頼したのが、僕たち蛇の集いのメンバーの殺害でした。しかし、その理由は公爵も聞かされていないそうです。その商人の行方《ゆくえ》も掴めていません」

「えぇっ!?」

じゃあ、その商人が黒幕……ってこと⁉　思わぬ存在に私は目を見開いてしまう。

「だけど、公爵もどうして永遠の命とか神になれるとか、そんな話を真に受けちゃったんですかね？」

普通は信じないと思うんだけどなと考えつつ、アルさんの答えを待つ。するとアルさんは複雑な表情を浮かべ口を開いた。

「おそらくお香を常用させることで、正常な思考力を奪っていたのでしょう。取り調べでも要領を得ない発言ばかりを繰り返して、やっとのことで商人について聞き出せたようですから」

ひえぇ……そこまで計算していたなんて、なんだか背中の辺りがゾワゾワしてきた。

「だいたい、神様になって何をしたかったんでしょうか……」

「各地に大聖堂を建てようとしていたと聞いています。おそらく自分を崇拝させることによって、承認欲求を満たそうとしたのかもしれません」

「ん？　大聖堂？」

すごーく大事なことを忘れているような。

私は首をかしげつつ、アルさんと別れてヘルバ村に戻る。すると、何やら村人たちがざわついていた。辺りをキョロキョロと見回していると、ティアが慌てた様子でこっちに向かって走ってくる。

「レイフェルさん、たいへーん！　ボラン侯爵が、またうちの村に来たんです！」

「なぬっ⁉」

ボラン侯爵って、ジャーロ公爵に命じられて土地開発を計画していた人じゃん！

「まさか、やっぱり商業施設を作るつもりなんじゃ……！」

「それがそうじゃないんですよ！　とにかく来てください！」

ティアに手を引かれて向かったのは、大聖堂の建設現場。そこでは、ボラン侯爵と大工さんたちが激しい言い争いをしていた。

「ふざけんじゃねぇ！　俺たちにここまで仕事をさせといて、今さら中止ってどういうことだよ！」

「仕方がないだろう！　ジャーロ公爵がいなくなって、大聖堂を建てる理由がなくなったのだ！」

大聖堂もジャーロ公爵の指示で建てようとしていたのか。今にして思えば、銅像のイラストも公爵にそっくりだった。

「もう少しでうちの村は、ジャーロ公爵の聖地になるところだったんですね……」

ティアがぼそりと呟《つぶや》く。めちゃめちゃ嫌だな……

「とにかく、建設は取り止めだ！　さっさと片づけて撤収しろ！」

「だったら、今まで働いた分の給料をまず払え！」

「そうだぞ！　俺たちはここまでやったんだ！」

ボラン侯爵に憤慨する大工さんたち。あらら、建物の骨組みがある程度できちゃってる。こんなに進めておいて、やっぱり中止って言われたら、怒るに決まってるよ。

「ええい、建物が完成していないのだ！　金を支払うわけにはいかん！」

「ふざけんなーっ！」

あまりにも無慈悲な発言に、ついに大工のひとりがトンカチを振り上げてボラン侯爵に襲いかかって行く。

「ひぃっ！　何をするのだね！」

勢いよく振り下ろされたトンカチを、ボラン侯爵は間一髪で避けた。

「うるせぇ、金をよこせ！」

「そうだそうだ！　タダ働きなんて冗談じゃねぇ！」

他の大工さんたちも、大工道具や木材を構えてボラン侯爵ににじり寄る。えっ、ちょっとちょっと……

「うひぃぃぃっ！」

身の危険を感じたボラン侯爵がその場から走り出すと、大工さんたちは怒《いか》りの形相で追いかける。

「逃がすな、追えーっ！」

「ティア、私たちも行くよ！　このまま放っておけないもん！」

「はい！」

ティアと頷《うなず》き合って、あとを追いかける。するとボラン侯爵は、一軒の家へと逃げ込んだ。あそこって、サマンサおばあさんのお家じゃない!?

「あんた、うちに籠城《ろうじょう》する気かい!?　邪魔だから、出て行きな！」

「ニャアアアアン！」

サマンサおばあさんの怒鳴《どな》り声と、オモチの鳴き声が聞こえてくる。その間に大工さんたちがサマンサおばあさんの家を包囲した。

「レイフェルさん、あれって……なんですかね？　ほら、ドアの右脇です」

ティアが不思議そうに、入口の下の四角い穴を指差した。

オモチ用の出入り口かな？　それにしては、なんだかサイズが大きいような。

「ニャフーン」

そ、その鳴き声は……！　くるりと振り向くと、我が村の珍獣――クラリスがのそのそと歩いていた。

「な、なんだ、このデカい猫……！」

「ニャフニャフ〜」

驚く大工さんたちには目もくれず、クラリスは入口の四角い穴を通ってサマンサハウスへと入って行く。するとすぐに、ボラン侯爵の悲鳴が上がる。

「ギャーッ！　なんだ、この化け猫は⁉　やめろっ！　こっちに来るな！　……ウギャーッ‼」

そして断末魔のような叫び声を最後に、何も聞こえなくなってしまった。まさかクラリス、ボラン侯爵のことを……？

その場の空気が凍りつくなか、ゆっくりと玄関のドアが開いて、サマンサおばあさんが出てきた。

「ニャグニャグ」

その後ろから、ボラン侯爵の襟首をくわえて現れるクラリス。

「はひぃ……食べないでください……」

よかった、顔に引っ掻き傷ができてるけどボラン侯爵は生きてる。

クラリスは隣家の前までボラン侯爵をズルズルと引きずって行くと、ペッと捨ててどこかへ去って行った。

「なんじゃ。クラリスの奴、ついに人まで仕留めるようになったんじゃなぁ」

隣家の住人が玄関から出てきて、呑気に呟いている。隣家は村長のお宅だ。

「あのバカ猫も、たまには役に立つんだね。あとで猫缶でもやるか」

サマンサおばあさんはそう言って小さく溜め息をつくと、何事もなかったかのように家の中に戻る。

「もう逃げられねぇぞ、侯爵！」

「給料をよこせ！」

「ひぃぃぃぃ……」

一方、ボラン侯爵は大工さんたちに囲まれて大ピンチ！　もはや万事休すかと思われた、そのとき。

「大聖堂の建設はなしになったんじゃろ？　だったら、別なモンを建ててくれんかのぅ。もちろん、その報酬はワシが支払うぞぃ」

村長が顎髭《あごひげ》を撫《な》でながら言う。

「本当か、じぃさん？」

「侯爵様は支払う余裕がなさそうじゃし……」

村長がチラッと視線を向けると、ボラン侯爵の顔が赤く染まる。

「なっ、失礼なことを言うな！　そのくらい払えるわ！」

「だったら、支払ってやらんかい。ケチ臭いのぅ」

「ぐぬぬ……払えばいいのだろう、払えば！」

「ふぉっふぉっふぉっ、それでいいんじゃよ」

おお、ケチケチ侯爵が折れた。たまにはやるじゃん、村長！

「助かったぜ、じぃさん！」

大工さんたちの顔にも、笑みが零れる。

「まったく……それで何を建てるつもりだ？」

ボラン侯爵がふてくされたような表情で、村長に問いかける。

「歴代村長の記念館なんてどうじゃろか。建物の前には、ワシの銅像を建てるんじゃ」

大聖堂と同レベルの酷《ひど》さだな！

「そんなふざけたものを作らせてたまるか！」

ボラン侯爵が呆《あき》れた表情を浮かべ叫ぶ。しかし、その言葉で火が付いたのか村長も負けじと言い放つ。

「なんじゃとぉ!?　貴族には、このロマンが理解できんのか！　レイフェルさんたちも、記念館があったほうがええじゃろ？」

ちょっと、こっちに話を振らないでよ！

「……村長。ごめんなさい、勝手にお店に忍び込んで、薬を使う人の記念館はちょっと……」

私は謝りながら、首を横に振った。

「はうっ！」

痛いところを衝かれて、村長はその場に崩れ落ちる。

「なんだか騒がしいわね……いったいどうしたの？」

そのとき村長の奥さんが、訝しそうに家の中から出てきた。事情を説明すると、奥さんは呆《あき》れたような眼差《まなざ》しをボラン侯爵へ向けた。

「大聖堂なんて必要のないものを建てようとするから、こんなことになったんじゃない……」

「それは私ではなく、ジャーロ公爵が……」

「ジャーロだかじょうろだか知らないけれど、人のせいにしてないで、ちゃんと自分で責任を取りなさい。あなただって、お偉い貴族なんでしょ！」

ボラン侯爵が言い訳をしようとして、奥さんに遮られてしまった。冷静に諭されてぐうの音《ね》も出ないのか、俯《うつむ》いている。同じ侯爵でも、ヴァリエル侯爵とはえらい違いだな……

「だけど、代わりに建てるものねぇ……うーん……」

奥さんが頬《ほほ》に手を添えながら、しばらく考え込む。そして何かを閃《ひらめ》いたのか、人差し指をピンと立てた。

「そうだわ。レストランなんてどうかしら」

「レストランだと？」

奥さんの提案に、ボラン侯爵が首をかしげる。

「うちのバカ旦那ったら毎日のように狩ってくるから、お肉が大量に余ってるのよ」

「村長ってば、性懲りもなくまた狩りまくってるの!?」

「な、夏は狩りの季節じゃからな～」

ティアに詰め寄られて、明後日の方向を見ながら口笛を吹いている。ダメだ、この村長。

「しかも最近は、クラリスちゃんも仕留めてくるからすごい量になってるのよ」

コラ、珍獣！

「二匹ともバカだから、どうせ何を言っても聞かないでしょ？　だからいっそのこと、お店でも開いてお客さんたちに食べてほしいのよ」

さりげなく村長を動物扱いしてる……だけどお店を開くのはいいかも。私なんて毎日通っちゃいそうだし。

「なるほど、ジビエ料理専門のレストランか。物珍しさから、村人以外の客も集まってくるかもしれん……」

シノギのにおいを嗅ぎ取ったのか、ボラン侯爵の目が鋭く光る。よし、もっとその気にさせよう。

「鹿、猪《いのしし》、ウサギ……色んなお肉が食べられますよ！　今の時季だったら、森に行けばキノコもたくさん採れます！」

「む？　キノコは秋の食材ではないのかね？　なぜ夏に収穫できるのだ」

ボラン侯爵が眉を顰《ひそ》めながら、私に問いかける。

「うちの森って、ちょっとおかしいんですよね」

季節感がめちゃめちゃな上に、色んな種類の植物やキノコが生息しているのだ。

なぜか異国の花であるキンモクセイを見つけたときは、流石《さすが》に度肝を抜かれた。お香の材料に使わせてもらったんだよね。

「ま、まあ、細かいことはどうでもよい。村のシンボルとして、レストランを建てるぞ！」

「あらあら。ありがとうね、侯爵様」

要望が通って、奥さんもにっこり。

「ヒャッホーイッ！　これでいくら狩ってきても、怒られんぞーぃ！」

村長がガッツポーズをしながら、ぴょんぴょんと飛び跳ねている。するとボラン侯爵はゴホン！と大きく咳払いをした。

「ただし！　店を開くとなれば、極上の味が求められる！　そう、奴の作る料理のように……！」

「や、奴……ですか？」

「うむ。何年経とうとも、あの味は忘れられん。何の肉を食わされているかは最後まで分からなかったが、とにかく美味だった」

腕を後ろで組みながら、大きく頷《うなず》くボラン侯爵。

「へぇ～私も食べてみたいです！　そのお店ってどこなんですか？」

「いや……やめておけ！　奴はとても恐ろしい男だ！　生半可な覚悟で行けば、必ず後悔するぞ！」

ティアが何気なく尋ねると、ボラン侯爵は表情を強張らせそう叫んだ。

「なんで!?　ごはんは美味しいけど、ぼったくられるとか!?」

「ぼったくられるし、自分でカヌーを漕ごうとしないのだ！」

……カヌーだと？

「あの男は、川下りツアーのガイドを自称しておきながら、ほとんどの仕事を客に押しつけてくる。以前私は、気まぐれでツアーに参加して死にかけた。だが料理の腕だけは超一流。その男の名は――」

「ジョージ……」

私がぼそっと口走ると、ボラン侯爵は大きく目を見開いた。

「お、お前まさか、ジョージと出会って生きて帰ってこられたのか!?」

「は、はい。なんとか」

「おおっ。見かけによらず、なかなかの猛者だな」

そうか、この人も奴の犠牲者だったのか……とボラン侯爵に仲間意識を覚えていると、村長の奥さんが妙なことを言い始めた。

「そうだわ、レイフェルさん。そのジョージって人から、料理のレシピを教わってきてちょうだい！　お知り合いなんでしょ？」

知り合いってわけでは……どうにか断ろうとしていると、ボラン侯爵に肩を叩かれた。

「お前なら行ける！　レストランのためだ、よろしく頼むぞ！」

一時《いっとき》でも、この男に親近感を覚えた私がバカだった。……ええい、ここは腹を括るか！

「ティア、ジョージに会いに行こう！」

「やだぁぁっ！　行ったら、今度こそ死んじゃうよぉっ！」

ティアは木にしがみつくと、半泣きになりながら訴えた。

仕方がない。私ひとりで行くしかないか。今回は、カヌーに乗るわけじゃないしね。こうして、みんなに激励されてジョージに会いに行くことが決定してしまった。


翌日。

「おはようございます、レイフェル様！」

村の入口には、なぜかリュックサックを背負ったアルさんがニコニコ笑顔で待ち構えていた。

「ティア様からお話は聞きましたよ。さあ、ジョージ様のところへ向かいましょう！」

「まさか、私についてくるつもりですか!?」

私がぎょっとしながら尋ねると、アルさんはしょんぼりと眉尻を下げてしまった。

「お邪魔でしょうか？」

「いえいえ、滅相もございません！　ただ、あんな過酷な地にアルさんを連れて行くわけには……」

「レイフェル様は、いつも僕を置いてどこかへ行ってしまいます……」

そんな捨てられた子犬のような目で、私を見ないでー！

「わ、分かりました。アルさんも一緒に行きましょう」

「はい、喜んで！」

いざとなったら、私がアルさんを守るんだ……！　と胸に手を当てながら、私は密かに誓った。

いざジョージの元へ。ボラン侯爵が教えてくれたんだけど、ツアー用に整備された道があるとのこと。少し遠回りにはなるけれど、川までは蛇の集いで特別に手配した馬車で向かう。この調子ならお昼ごろには着くかも！

しばらく走っていると、窓の向こうに川が見え始めた。

「ちなみに、ジョージさんはどのような方なのですか？」

私は答えに迷った。正直に話したら、アルさんに不安を抱かせてしまうかもしれない。

「えーと……いつも明るく笑っていて、お料理が上手な人でした。私たちのことも、とっても信頼してくれてましたし……」

「素晴らしい方なのですね。お会いするのが楽しみです」

「はい……あと、狩りも得意みたいです！　食材を自分で調達してました」

「なるほど……あっ！　もしかして、あの方がジョージ様ですか!?」

アルさんが窓の外を見ながら、興奮気味に声を上げる。アルさんが指差した先に顔を向けると、何やら槍を持ってウサギを追いかけている人物がいた。

「……ファッ!?」

よく見ると、髪は腰まで伸びていて、髭もボーボーに生《は》えている。服もすごくボロボロだし……

「ずいぶんと、ワイルドな雰囲気の方ですね」

「そんな……」

ジョージの変わり果てた姿に、私は呆然《ぼうぜん》としていた。しばらく見ないうちに、何があったんだろう。

ジョージらしき人物は馬車に気づいたらしく、ピタリと立ち止まる。そして、慌ただしく走り去って行く。

「待って、ジョージさん！　私だよ!?　どうして逃げるの!?」

私は思わず馬車の中から叫ぶと、アルさんは神妙な面持ちでこう言った。

「……もしかしたら、身も心も野生化して、人間を怯えるようになってしまったのかもしれません」

「それじゃあ、料理を教わることができないじゃないですか！」

「まずは、彼と会話を試みましょう」

あの状態のジョージと話すことが可能なのだろうかと不安を抱きながらも、とりあえず馬車から降りて高台にある小屋へ向かう。

そのまま待つこと数分。ザクザク……と足音が聞こえてきた。

「オーゥ。レイフェルさん、お久しぶりでーす！」

現れたのは小綺麗な格好をして、トレードマークのハンチング帽を被っているジョージ。

「え？　ジョージさん……？」

「そんなに驚いてどうしましたー？」

「だって、さっき原始人みたいな恰好でウサギを追いかけてましたよね!?」

混乱していると、もうひとり誰かがこちらへやってくる。さっき見かけたあの原始人だ。私たちを見て、ビクッと肩を揺らしている。

「紹介しまーす！　彼はワタシの後輩でーす！　先日、森で行き倒れていたところを見つけました！　行く当てがないらしいので、うちで働かせてまーす！」

ジョージは彼へ駆け寄ると、背中をバシンと叩いた。

「だったら、まともな格好をさせてあげないと可哀想ですよ！」

「ワタシもそう思いましたが、本人がこのままでいいと言い張ってまーす！」

「えぇぇ……？」

私が後輩さんの顔を覗き込もうとすると、なぜかサッと顔を背けられた。こんな変な人を雇っちゃダメだよ、ジョージ！

「今回は、こちらのお兄さんと川下りをしますかー？　ヒュウ、お熱いですねー！」

「いや～、それほどでも……じゃなくて！」

早速私が事情を説明すると、ジョージは笑顔で頷《うなず》く。

「お安いごようでーす！　ワタシのレシピをお教えしましょー！」

「本当ですか？　ありがとうございます！」

「よかったですね、レイフェル様！」

アルさんと手を叩いて、喜び合う。

「ただし、本日の食材を一緒に捕まえてもらうのが条件でーす」

「捕まえるって何をですか？　ウサギ？　リス？」

「ワニでーす！」

そのとき、私は思い出した。ジョージに支配されていた恐怖を。

今日も今日とて川の流れが速い。そして水面から顔を出して、周囲を見回している生物。紛うことなきワニである。

「この川、ワニが棲んでたんですか!?」

今明かされる衝撃の真実に、私は仰天していた。あんな危険生物が潜む川で、カヌーを漕がされてたのか！

「オーゥ。レイフェルさん、ワニが食べたかったんですねー？　とっても美味しくて、コラーゲンもたっぷり、お肌がツルツルになりまーす！」

「そういうことじゃないですよ！」

と、とにかく、ワニを捕まえるぞ！　……って、どうやって？

「まずはこれを使って、岸まで誘《おび》き寄せまーす。そしてワニがやってきたところを、この捕獲器具で口を塞ぎまーす」

ジョージが用意したのは、釣竿に繋がれた鳥の肉と、先端が輪っかになっている棒だった。獲物がかかると、輪が絞まる仕組みになっているらしい。

問題は誰がワニを誘《おび》き寄せるか。正直めっちゃ怖い。

「お任せください、レイフェル様！　僕が釣り竿を持ちます」

「アルさん!?」

お任せくださいって、川の小魚を釣るんじゃないんだから……！

「ノンノン、アルさーん。お客様にそんな危険なことは、させられませーん。ここは後輩にお願いしまーす！」

流石《さすが》のジョージも止めに入り、結果後輩さんに竿を押しつけた。彼は明らかに狼狽えている。

「その人に任せて大丈夫なんですか？　なんか首を横に振って、すごく嫌がってますけど!?」

「彼ならきっと上手くやってくれまーす！」

ダメだ、誰もジョージを止められない。

私たちが見守るなか、後輩さんは負のオーラを纏《まと》ったまま、川にギリギリまで近づいたところで、釣り竿を構えた。肉の塊が宙でブラブラと揺れている。

「レイフェル様は、後ろに下がっていてください！」

捕獲器具を手にしたアルさんが、緊張の面持ちで待ち構えている。

本当に大丈夫なのかなと色んな意味で心配していると、肉に気づいたワニが岸へとゆっくり近づいてきた。そしてついにワニが、その太い脚で上陸したときだった。

「ギャアアアッ！」

後輩さんが竿を投げ捨てて、近くにいたアルさんへと飛びついた。

「うわっ!?」

驚いたアルさんが、うっかり捕獲器具を手放してしまう。そして、ふたり目がけて突進して行くワニ。

まずい！　私は慌てて駆け出した。

「アルさんに何してんだ、ゴラァ！」

「へぶっ⁉」

後輩さんの顔面に掌底《しょうてい》を喰らわせてから、器具を拾い上げる。

「うりゃあああっ！」

私はワニの横へと素早く回り込み、口の辺りに輪っかを通す。

「よくやりました、レイフェルさーん！」

口を開けられなくなって、頭を左右に振り乱しているワニに、白い布と縄を持ったジョージが駆け寄った。ワニの目に布を被せ、一瞬大人しくなった隙をついて縄で全身を縛り上げていく。

「ハアッ、ハアッ……」

「レイフェル様！　何もできなくて、申し訳ありませんでした……！」

膝頭に手をついて息を切らしている私に、アルさんが深々と頭を下げる。その傍らでは、後輩さんが白目を剥いて気絶していた。

「オーゥ。皆さん、危ないところでしたー！」

ジョージがこんな作戦を立てるからだろうが！

無事にワニを捕獲したあと、ジョージは一冊のノートを私に差し出した。

「ワタシのレシピを纏《まと》めたノートをお貸ししまーす！」

「ありがとうございます！」

命がけで頑張った甲斐があった。

ノートをパラパラと捲《めく》ると鹿肉の香草焼き、雉肉《きじにく》のトマトシチュー、……色んな料理が載っていて、どれも美味しそうだ。時々、カブトムシとかスズメバチの幼虫とか不穏なワードが登場するけど……

「……ん？」

隣にいつの間にか後輩さんが立っていて、こちらをじっと見つめていた。な、なんだろう？　私が怪訝そうに眉を顰《ひそ》めていると。

「……助けてくれ、レイフェル」

後輩さんは小声でそう言った。この人、私のことを知っている？　それにこの声、どこかで聞いたことがあるような……ま、まさか。

「……アーロン？」

恐る恐る元婚約者の名前を口にすると、その男は無言で頷《うなず》いた。

「はぁっ⁉　なんでこんなところにいるの⁉」

「つ、辛《つら》くて逃げ出したんだ！　看守の目を盗んで……！」

「逃げ出したって、あんた……ってか、ルージェはどうしたの？」

ルージェが脱走した件といい、鉱山の監視体制ガバガバなんじゃないの⁉

しい。

「置いてきた……そして腹を空《す》かせて倒れていたところを、あの男に拾われたんだ」

気まずそうに視線を逸らしながら、アーロンはぼそりと答えた。多少は罪悪感を抱いているら

「よりにもよってジョージに……」

「あいつ、とんでもない奴でさ。『美味しいでーす！』って俺の口に虫の素揚げをねじ込んできたり、丸腰で猪《いのしし》に立ち向かえって言ったりするんだよ」

「だってジョージなんだから、しょうがないじゃん！」

「しょうがないってなんだよ！」

拳を握り締めて言い返すアーロンの姿に、煌びやかだったころの面影はこれっぽっちも残っていない。親方の風格を醸し出していたルージェとは違い、彼は悲愴感を漂わせていた。

「ここでの生活が嫌なら、鉱山に戻りなよ。多分刑期を増やされると思うけど……」

「嫌だっ！　あそこにはルージェがいる！　あいつ、『これだけじゃ足りませんわ』って俺の飯まで奪って食べるんだぞ！」

鉱山でひもじい思いをするか、危険な男と一緒に虫を食べるか。究極の選択だ……。

「そ、そんなこと言わないで、仲良くやんなさいよ！　それに、こんなところにいつまでもいたら、ワニの餌にされちゃうかもよ」

「う……」

さっきのことを思い出したのか、アーロンの体がぶるりと震える。そしてしばらく考え込んでか

ら、ようやく重い口を開いた。

「……やっぱり鉱山に戻りたい」

「ルージェのことは、職員の人に相談してみたら？　きっとなんとかしてくれるって」

「うん……」

アーロンはしおらしく頷《うなず》いた。

「でも、ジョージには一応お世話になったんだから、戻る前に説明しておきなよ」

「わ、分かった」

緊張している様子のアーロンを連れて、ワニを捌いているジョージの元へと向かう。すると、アルさんがいつの間にかいなくなっていた。

「あれ？　アルさんはどこに行ったんですか？」

「料理に使う薬草を採りに行ってもらってまーす！」

この男、アルさんが王子だと知らないとはいえ本当に誰彼構わずパシリに使うな……

「ジョージさん、後輩さんから大事な話があるそうですよ」

「ン〜？　なんですかー？」

ジョージに視線を向けられて、アーロンが不安そうに私を見てくる。ええい、鬱陶しい！

「あのですね、実はこの人……」

私から話を切り出そうとしたときだった。

「こんなところにいやがったのか、この野郎！」

その声に驚いて振り向くと、ガタイのいい男たちがこちらを睨《にら》みつけていた。

「何この人たち!?」

「鉱山の看守たちだ……！」

そう呟《つぶや》くアーロンの顔には、安堵《あんど》の笑みが浮かんでいた。

「もう逃げられねぇぞ！　大人しく鉱山に戻ってもらおうか！」

「戻る戻る！　だから、早くここから……！」

アーロンは看守たちに駆け寄ろうとする。けれど、なぜかジョージが腕をガシッと掴む。

「オーゥ！　怪しい人たちですねー！　よく分かりませんが、急いで逃げましょー！」

そしてジョージはアーロンを丸太のように肩に担ぎ上げると、川辺へと走って行く。

「アーロン！」

私たちも慌てて追いかけて行く。

「さあ、乗ってくださーい！」

「おい、やめろ！　俺はこんなのに乗ったことないぞ!?」

アーロンを例のオンボロカヌーに押し込むと、ジョージも先頭に乗り込んだ。まさか、あれで逃げるつもりじゃ……

「すぐに慣れまーす！」

私が言葉を失っていると、看守のひとりが愕然とした様子で叫んだ。

「あいつら、パドル持ってねぇぞ!?」

本当だ！　ふたりとも手ぶらでカヌーに乗ってる！

「ちょっと待て、ジョージ！　こういうのって、漕ぐ道具が必要なんじゃないのか⁉」

「用意している時間がありませーん！　出港でーす‼」

ジョージのかけ声とともに岸を離れると、カヌーはものすごいスピードで流されて行く。

「嫌だーっ！　死にたくないっ‼　助けてくれーっ‼」

「ハハハハハハー！　楽しいでーすっ‼」

アーロンの悲鳴とジョージの笑い声が遠ざかっていく。その姿を見て慌てて私は叫ぶ。

「早くっ、早くあのカヌーを追ってください！　アーロンが死んじゃう！」

「あ……ああ！　すぐに船を手配しよう！」

「あのままじゃ流木にぶつかるか、海に出るんじゃないのか！」

「待ってろよ、アーロン。今助けてやるからな！」

目の前の光景に呆然《ぼうぜん》としていた看守たちも、我に返って慌ただしく動き始める。

「あれ……？　何かあったのですか？」

そんななか、薬草摘《やくそうづ》みから戻ってきたアルさんは、この状況にきょとんとしていた。

「あの後輩さん……実はアーロンだったんです」

「え⁉」

私が何を起こったのか説明すると、アルさんは悲しそうに目を伏せた。

「アーロン様……きっとここでの生活が楽しかったでしょうに。そう考えると、なんだか少し切ないですね……」

……うん、楽しくはなかったと思いますよ。めちゃくちゃ疲れた……

あのあと、アルさんと別れて私はヘルバ村に帰ってきた。

その手にはジョージから借りたレシピ本が、しっかりと握られている。これが彼の形見にならないといいんだけど。

「ん……？」

テーブルの上に置かれた水晶玉。そして、紫色のとんがり帽子……以前、港町で見かけた占い師のおばあさんだ。えーと、知らんぷり知らんぷり……

「また会ったね、おさげ娘」

早歩きで前を通りすぎようとしたら、声をかけられた。

「ヒィ。は、はい。お久しぶりでーす……」

「まったく、あのときはよくも逃げてくれたね。せっかく忠告してあげようと思ったのに……それで、誰かに裏切られた気分はどうだったかね？」

おばあさんは私の顔をじっと見据えながら、そう問いかけてきた。

——裏切られた。

その言葉に私は少し間を置いてから、ニッコリと笑って答える。

「私は裏切られたと思ってませんよ。あなたの占いも、外れることがあるんですね」

「ふん。そうかい」

おばあさんは頬杖をつきながら、素っ気なく相槌を打った。

「それでは失礼しまーす！」

「ああ、ちょいと待ちな」

おばあさんは私を呼び止めると、ちらりと水晶玉を見てから話を続けた。

「気をつけな。あんたには、大いなる災いが待ってるよ」

「……今、水晶玉をちょっとしか見てなかったですよね？」

「こりゃ単なるカモフラージュさ」

「はぁ……」

この人、本当は当てずっぽうを言っているだけじゃないの？　小さく溜め息をついて、その場から離れようとすると、おばあさんは私に手を差し出してきた。

「ほら、占ってやったんだから、さっさと十イェーンをよこしな」

「勝手に占ったのに、お金を取るんですか!?」

「なんだい、文句でもあるのかい？」

「分かりましたよ……」

おばあさんにギロリと睨《にら》まれて、私は渋々十イェーンを支払った。

大いなる災い、か。

ふと空を見上げると、灰色のぶ厚い雲が青空を覆い隠していたのだった。

だけど私は、不安を振り払うように首をぶんぶんと横に振る。これまで色んなことがあったけれど、そのたびにみんなで力を合わせて乗り越えてきた。

だからどんなことが起きても、きっと大丈夫。私はそう信じて笑みを浮かべたのだった。

そのほかの話　芽生えた想い

ティアがレイフェルの弟子になってからずいぶん経つ。

初めのころは右も左も分からなかったが、今ではレイフェルの不在時でも店を任せられるまでに成長した。

そんな彼女にも大きな悩みがある。それは……

「ねえティアちゃん、今度港町で婚活パーティーが開催されるのよ。いいお相手に出会えるかもしれないから行ってきなさいよ」

「婚活パーティー⁉　そんなの行きませんよ！」

買い物に訪れたご近所の奥さんが、パーティーのチラシを押しつけてくる。ティアがぶんぶんと首を横に振って拒否すると、呆《あき》れたような表情で諭すように言う。

「何言ってるのよ。あなたもいいお年ごろなんだから、そろそろ結婚のことを考えておかないとあとで苦労するわよ」

「お年ごろって……私はまだ結婚とか全然考えてませんから！　ほら、お買い物が終わったなら早く帰って帰って！」

「私はティアちゃんのことを心配して……あっ、ちょっと話はまだ終わってないわよー！」

ティアは奥さんを強引に店から押し出すと、ふぅと溜め息をついた。そして、くすくすと笑っている師匠にぷっくり頬《ほほ》を膨らませる。

「笑いごとじゃないですよ、レイフェルさん。私、本当に困ってるんですから」

「ごめんごめん。だけどあの奥さん、結構しつこいから頑張ってね！」

レイフェルが親指を立てて励ましてくる。明らかに面白がっている様子に、ティアの機嫌はますます悪くなっていった。

先ほどの奥さんは、年ごろの女性をターゲットにして見合い話などを持ちかけてくるお節介焼きで、今回はティアに目をつけたらしく、毎日のように店へやってきていた。

「あんなの営業妨害ですよ！　レイフェルさんも止めてください！」

「うーん……でもね、ちゃんと薬とかお菓子を買ってくれるから文句は言えないんだよね。ねえ、諦めて行ってきなよ」

「私を見捨てる気ですか!?」

「確かに結婚をしないっていうのもめちゃめちゃありだとは思うんだけど、恋人をつくるのもひとつの選択だよ！　それにティアの恋人とできたらダブルデートとかできたら私も嬉しいもん！」

「そんなぁ……」

レイフェルにポンと両肩を叩かれて、ティアは大きなショックを受けた。

その数日後。蛇の集いではアレックスが深い溜め息をついていた。

「母上から手紙が届きましたよ。ハルバート様、また見合い話を断ったそうですね」

「げっ。また余計なことを……」

「余計なこととは何ですか。母上はハルバート様のことが心配なのですよ」

ハルバートは甥にぎろりと睨《にら》まれて視線を逸らした。しかし、アレックスの小言はまだまだ終わらない。

「しかも顔も合わせずにお断りするなど……相手の方に失礼ですし、母上もお怒《いか》りになって当然です。もしかして、もう誰かお相手がいらっしゃるのですか？」

「いや、そんなのいねぇよ。だけど俺にはまだ結婚なんて早いっつーか、面倒臭いっつーか……」

ハルバートはソファーにもたれながら天井を仰いだ。すると、眉間に皺を寄せたアレックスが顔を覗き込んできた。

「それでは僕が困るのです！」

「な、何でお前が困るんだよ……」

「世の中には順序というものがあります。このままでは、僕とレイフェル様がいつまでも結婚式を挙げることができません！」

「はぁ？　俺より先に結婚したって問題ないだろ」

ハルバートは意味がわからないというような表情を浮かべ、アレックスを見る。

「おひとりで式にご出席されるおつもりですか？　それでは王室の一員として示しがつきません

よ！」

「わ、分かった。分かったからちょっと落ち着けって！」

あまりの気迫に思わずたじろぐハルバートだったが、アレックスはなおも詰め寄る。

「落ち着いていられません！　さっさと身を固めてください！」

「ああもう、うるせぇな！　いつ結婚しようが俺の勝手じゃねぇか！」

ハルバートは声を荒らげると、逃げるように部屋をあとにした。そして建物の外へ飛び出したところで、ぴたりと足を止める。

「……これからどうっすかな」

ヴァリエル侯爵の屋敷にでも行こうかと一瞬考えたが、連絡もなしにいきなり押しかけたら迷惑だろう。しばし悩んでからハルバートはヘルバ村へ向かった。

相変わらず長閑《のどか》で平和な村だと思いながら薬屋までやってくると、中から店主が出てきた。……いや、よく似ているが、あれは弟子のほうだ。見るからに巨大なリュックサックを背負い、両肩にバッグをかけている。体をプルプルと震わせながら歩き出そうとする少女に、ハルバートは怪訝そうに声をかけた。

「おいおい。大丈夫か、弟子っこ？」

「あっ、ハルバートさん。今日はアルさんと一緒じゃないんですか？」

「おう……ちょっとな。それで、その大荷物はどうしたんだよ」

ハルバートがバッグを指差しながら問う。体に比してあまりにも大きいバッグは、見ているだけで重さが伝わってくるようだ。

「これから他の村にお薬を届けに行くんです。その村には薬師がいないんですよね」

「待て待て、弟子っこひとりで行くのか⁉」

「レイフェルさんにも止められましたけど、このくらい私ひとりで大丈夫ですよ！」

得意気な表情を浮かべるティアだが、その足は小鹿のように小刻みに震えている。どう見ても大丈夫そうではないティアを見て、少し考えてからハルバートが口を開いた。

「なあ。暇だから俺もついて行っていいか？」

アレックスと言い争いをして飛び出してしまった手前、今すぐに蛇の集いに戻るのはハルバートにとってかなり気まずい。

「え？　まあ、別にいいですけど……」

ティアがきょとんと目を丸くする。

「よし決まりだな。どれ、荷物持つの手伝ってやるから、まずはバッグを……」

「ありがとうございます、ハルバートさん！　じゃあ、よろしくお願いしますね！」

ティアは目を輝かせながら、持っていた荷物を全てハルバートに押しつけた。全部かよと驚きながらも、ハルバートは素直にリュックサックとバッグを受け取った。日ごろから体を鍛えているので、このくらいなら大《たい》したことはない。

こうしてふたりの旅は始まったのだった。

「まずは港町に寄ってお昼ごはんを食べましょうよ。行ってみたい店があるんです！」

そんなわけでふたりが訪れたのは、港町にあるリゾット専門店だった。店内は昼時ということもあり、大勢の客で賑わっている。

「お待たせいたしました。ウニクリームのリゾットと、生ハムとチーズのリゾットになります」

「わぁっ、いいにおい～！」

ティアは淡いオレンジ色のリゾットから漂うウニの香りを大きく吸い込んだ。

「おっ。結構豪勢だな」

生ハムがたくさんのせられた真っ白なリゾットに、ハルバートも口元を緩める。

「ではいただきまーす！　……んんっ、美味ひぃ～！」

口いっぱいに広がる濃厚なウニの香りに、ティアは頬《ほほ》を押さえながら体を揺らした。

「こっちはチーズのコクに生ハムの塩気がいいアクセントになって、相性抜群だな。この店が流行《はや》るわけだぜ」

「そうなんですよ。レイフェルさんとも食べに行こうって約束してたんですけど……」

突然ティアが黙り込んで俯いてしまう。

「どうした？　何かあったのか？」

「大ありです！　レイフェルさんったら私とじゃなくて、アルさんと一緒に行っちゃったんですよ～⁉」

ティアは勢いよく顔を跳ね上げると、悔しそうな表情でスプーンを握り締めた。

「そういや、アルがそんな話をしてたっけか」

「以前は『ふたりで頑張ってお店を続けようね』って言ってたのに、アルさんとくっついてから恋に生きる少女になっちゃったんです！」

「そ、そうか。アルに嬢ちゃんを取られちまったんだな？」

「それだけじゃありませんよ！　この間なんて私を婚活パーティーに行かせようとするし……私、まだそういうことに全然興味ないのに！」

ぷんすかしながら、大きな口を開けてリゾットを頬張《ほおば》るティアに、ハルバートはうんうんと首を縦に振る。

「弟子っこの気持ち、よく分かるぜ。アルも俺に早く結婚しろってうるさくてよぉ」

「お互い苦労してますね……」

「まったくだぜ。昔は薬のことしか頭になかったのに、嬢ちゃんに出会ってから変わっちまったな……」

ふたりはがっくりと肩を落として溜め息をつく。

そのとき、バタンと店のドアを乱暴に開ける音がした。そして、いかにもガラの悪そうな数人の男たちが入ってくる。

「へっへっへ……ずいぶんと洒落《しゃれ》た店じゃねぇか」

「ここで飲もうぜ。おい、さっさとワインとつまみになるモンを持ってこい！」

「おい、早くしろよ！」

彼らは席につくなり、近くにいたウエイトレスにそう命じる。ティアとハルバートは、傍若無《ぼうじゃくぶ》人《じん》な振る舞いに眉を顰《ひそ》めた。

「……あの人たち、なんだか感じ悪いですね」

「ああいう輩《やから》はどこにでもいるもんだな」

ひそひそと話をしていると、ウエイトレスが慌ただしく男たちのテーブルへ注文の品を運んで行った。

「お待たせいたしました。赤ワインとチーズの盛り合わせで……きゃっ！」

「姉ちゃん、なかなか美人じゃねぇか。俺たちにお酌くらいしてくれよ」

男のひとりがウエイトレスの腕を掴んでニヤリと笑う。

「と、当店ではそのようなサービスは行っておりません」

「そんな固いことを言うなって。ほら、ここに座れよ」

男は店員を無理矢理自分の隣に座らせようとする。

「……ハルバートさん、ちょっと待ってください」

ティアはそう言って目を吊り上げて席を立つ。そして、男たちのテーブルへずんずんと近づいて行く。

「あんたたち、いい加減にしなよ！　店員さんが困ってるじゃん！」

「あぁ？　お前が代わりにお酌をしてくれるのか？」

「よく見れば、顔は可愛いじゃねぇか」

薄ら笑いを浮かべた別の男がティアをじろじろ見る。

「するわけないでしょ！　バカじゃないの⁉」

「なんだと⁉　だったらテメェは大人しく引っ込んでやがれ！」

強い口調で反論すると、ティアは男に思い切り突き飛ばされた。倒れ込みそうになる直前、体を誰かに背後から支えられた。

「おっと、大丈夫か弟子っこ。あとは俺に任せておきな」

「ハルバートさん！」

ハルバートはティアを後ろに下がらせ、男たちを鋭く睨《にら》みつけた。

「な、なんだ、テメェは」

「おい、あいつ腰に剣を差してるぜ……！」

突如《とつじょ》現れた大柄な男に、彼らの表情がみるみるうちに引き攣っていく。

「ちっ！　ここは一旦ずらかるぞ！」

「くそぉっ、覚えてやがれ！」

数人がかりでも構わないと悟ったのか、男たちが捨て台詞《ぜりふ》を吐きながら外へ逃げ去る。静けさを取り戻した店内で、ハルバートは拍子抜けしていた。

「おいおい、俺はまだ何もしてねぇぞ」

「あいつらダサかったですね……」

ティアも呆《あき》れたように肩をすくめると、男たちに絡まれていたウエイトレスがふたりに深々とお辞儀をした。

「お客様、ご迷惑をおかけしまして申し訳ありません……。助けてくださってありがとうございました」

「お礼なんていいですよ。私もこの人のおかげで怪我すらしてませんし」

「ふふっ、素敵な旦那様ですね」

顔の前で両手を振るティアに、頭を上げたウエイトレスはハルバートへ視線を向けながら言う。

「だ、旦那!? お、俺と弟子っこは、そ、そういうんじゃ……」

「いえ。私たちは夫婦じゃありません」

ぎょっと目を見開くハルバートとは対照的に、ティアがサラッと否定する。

「た、大変失礼いたしましたっ！」

「そんな気にしないでください。ね、ハルバートさん！」

「お、おう……」

こうもあっさり否定されると、それはそれで釈然としないと思うハルバートだった。


港町をあとにして歩き続けること約一時間。ようやく目的地に到着した。

「ここがタズィーマ村です！」

「ヘルバ村とあんま変わらねぇんだな」

ゆったりとした空気の流れる農村だ。にこやかに会釈してくる村人たちに手を軽く振りながら、薬屋を目指して進む。

「ごめんくださーいっ。レイフェルさんのお薬を届けに来ました！」

「お待ちしておりました、ティアさ……こちらの方は？」

ティアが元気よく店に入ると、薬屋の店主がいそいそと出迎えた。だが、隣にいる長身の男を見るなり顔を強張らせる。

「あー……俺はこいつの荷物持ちだ。あまり気にしないでくれ」

怪訝そうに尋ねる店主に、ハルバートはティアを親指で差しながら答えた。

「で、薬はどこに置けばいいんだ？」

「とりあえずそちらのテーブルにお願いします」

言われた通り、リュックサックとバッグに詰め込んでいた薬をテーブルに並べていく。

「ふー、こんなもんか。しっかしすげぇ量だな」

ハルバートは軽く肩を回しながら、山積みとなった薬に視線を向ける。するとティアが店主に話しかけた。

「さあ、早く片づけちゃいましょう！」

「いつもすみませんねぇ」

「今日は三人だから、あっという間に終わりますよ！」

「そうだな。いっちょやるか」

さりげなく自分まで頭数に入れられたハルバートも手伝う。

風邪薬、胃薬、解熱剤、咳止め……様々な薬を陳列棚に補充して、余った分は店の奥にある倉庫にしまう。その作業を繰り返すこと三十分。テーブルに積まれていた薬の山は綺麗さっぱりなくなっていた。

「おふたりのおかげで助かりました。本当にありがとうございます！」

店主が恭しく頭を下げる。

「どういたしまして！　……ってハルバートさん？」

「なあ……あそこはあのままでいいのか？」

ハルバートは陳列棚のある一点を指差しながら、首をかしげていた。商品がずらりと並ぶなかで、なぜかそこにだけ何も置かれていない。

「おや？　そこには虫刺されの薬を置こうと……」

そこまで言いかけたところで、店主はハッと息を呑んだ。

「そ、その薬だけ注文するのを忘れてました！」

「えっ、在庫はないんですか!?」

「ちょうど品切れになっていたんです。絶対に注文しようと思っていたのですが、うっかりしていました……」

店主は溜め息をつきながら力なく項垂れた。

「それじゃあ、明日にでも虫刺されの薬を届けに来ますよ」

ティアの提案に店員は慌てて顔を上げて首を横に振る。

「そこまでお手間を取らせるわけにはいきません。私が直接ヘルバ村へ参ります」

「だけど、わざわざ来てもらうのは悪いですし……あ、そうだ。私がお薬を作ります！」

「ティアさんが？」

　思わぬ申し出に店主が目を丸くすると、ティアは大きく頷いた。

「虫刺されの薬なら、私も作ったことがあるんです。薬草があれば作れますよ」

「そういうことでしたら……お願いしてもよろしいでしょうか？」

「任せてください！」

　ティアは自信満々に自分の胸を叩くと、ハルバートへ視線を向ける。

「ハルバートさんは先に帰っていいですよ」

「いや、ここまで来たんだ。俺も何か手伝うぜ」

「ほんとですか？　じゃあ引き続き、お言葉に甘えようと思います！」

　明るい表情で言うティアに、甘えている自覚があったのかとハルバートは笑う。これだけ堂々と頼られるのは悪い気分ではないし、むしろ大歓迎である。

「というわけで、薬草が生えてそうなところを教えてくれませんか？」

「そうですね……村を出て西に進むとナンゴン山がありますので、そこにならお探しの薬草も見つかると思います。ですが……」

　店主はここで一拍置いた。

「あそこは道が複雑に入り組んでいる上に、獰猛《どうもう》な獣が生息している危険な場所です。ですから、山に入るときはガイドに同行してもらったほうが安全です」

「……そのガイドってどこにいるんですか？」

なぜかティアが急に神妙な顔つきになった。

「普段は山の麓《ふもと》にある小屋で暮らしているそうです。……ちょっと不思議な方ですが、悪い人ではありませんよ」

店主がどこか遠い目をしながら言う。

「じゃあ……とりあえず行ってみるか。ん？　どうした、弟子っこ」

「なんだろう……すっごく嫌な予感がするんですけど……」

しかし、ここで「やっぱり帰ります」と言うわけにもいかず、ふたりはナンゴン山へと向かったのだった。


「あそこじゃねぇのか？」

ナンゴン山の麓《ふもと》に辿り着くと、掘っ立て小屋がぽつんと佇んでいた。屋根は壊れかけ、窓ガラスも割れていて、人が住んでいるようには到底見えない。

ティアが恐る恐るノックすると、ゆっくりとドアが開いて中から金髪の若い女性が面倒臭そうに顔を出した。

「あぁ？　んだよ、テメェら」

「こ、この山のガイドの方ですか？　人から聞いてきたんですが、道案内をお願いしたくて……」

「おっ、客か。分かったよ、準備するからちょっと待ってな」

女性がそう告げてドアを閉めると、ティアはほっと溜め息をついた。

「……女の人でよかった」

「でも、ずいぶんとガラが悪くなかったか？」

「ジョージよりは全然マシですよ……」

ふたりで話をしていると、ドアが再び開く。現れた女性は肩に散弾銃を提げて、両手にはサバイバルナイフを握り締めていた。

「自己紹介が遅れたな。アタシはブレンダだ、よろしくな」

「あの……ブレンダさん？　その装備はいったい……」

「山に登るんなら、このくらいの準備はするもんだぜ」

ブレンダが不敵な笑みを浮かべながらナイフの刃を舐めるのを見て、ティアは背筋を震わせる。

一抹の不安を覚えながらも、こうして山登りが始まってしまった。

「いいか、テメェら。この山には熊、狼、猪《いのしし》……凶暴な獣がわんさか棲んでる。死にたくなかったら、アタシのそばから離れるなよ」

ブレンダが周囲を見回しながら進んでいき、ティアとハルバートがそのあとに続く。辺りはうっそうとしていて、遠くからギャアギャアと不気味な鳥の鳴き声が聞こえてくる。

すると、前方の茂みから野生の猪《いのしし》が勢いよく飛び出してきた。

「オラッ！」

ブレンダが素早く散弾銃を構えて数発撃ち込むと、猪《いのしし》が小さく呻きながらその場に横たわった。

「ブレンダさん、すごい……！」

「あのガイド、なかなかやるじゃねぇか」

　ふたりが感心していると、ブレンダは木の枝に向かって発砲する。　直後、一匹のリスが地面に落下した。

「ぎゃっ！」

「お、おい！　なんでそんな可愛い奴まで撃ってんだよ⁉」

「アタシの視界に入ったそいつが悪い」

　さらにブレンダは突然走り出し、近くの木を片足で蹴って高くジャンプした。そして宙返りをしながら、先ほどの銃声で一斉に飛び立った小鳥たちへ連射する。ボトッ、ボトッと次々と撃ち落とされていくが、一羽だけ難を逃れて飛び立っていく。

「ちっ……逃がしたか。久しぶりだから、腕が鈍ってやがる」

「女版村長だ……」

　手当たり次第に獲物を撃ちまくるブレンダを見て、ティアがぼそりと呟く。

「……あんた、これだけ狩ってどうするつもりだ？」

「もちろん食うに決まってるじゃねぇか。どんなに小さな命でも無駄にせず、しっかりといただく。それが自然の摂理なんだ、覚えときな」

　そう言いながら息絶えた小鳥を拾い上げるブレンダに、ティアとハルバートは無言で頷く。ナンゴン山では、その後も絶えず銃声が鳴り響いていた。

そして登山を始めてから数十分後。突然ティアが目を見開いて、辺りをきょろきょろと見渡す。

「あれ？　こっちかな？」

風にのって運ばれてきた薬草のにおいを追って、ひとりで歩き始める。しばらくすると、様々な薬草が生える一帯が見えてきた。

「よし、あそこで摘《つ》んでいこうっと」

お目当ての薬草を採取して、手早くリュックサックに詰め込んでいく。必要な量を摘《つ》み終わり、ハルバートたちのもとへ戻ろうとすると、背後の茂みがガサガサと大きく揺れた。

「逃げろ、弟子っこ！」

「えっ……」

突如《とつじょ》、灰色の狼が飛び出してティアへと襲いかかろうとする。

「うわぁっ！」

危機一髪、ハルバートが剣でティアを守る。

そして同時に、狼の体に数発の銃弾が撃ち込まれる。ブレンダは動かなくなった狼を一瞥すると、呆然とするティアを激しい剣幕《まく》で捲し立てた。

「アタシから離れるなって言っただろ！　死にてぇのか、テメェ！」

「ご、ごめんなさい！」

ティアが深く頭を下げて謝ると、ハルバートがふたりの間に割って入った。

「まあまあ。弟子っこに怪我がなかったんだからいいじゃねぇか」

「フン。……ここはマッチョに免じて大目に見といてやるよ。なかなかいい剣筋をしてたぜ」

　ブレンダはハルバートの胸を強く叩きながら、ティアにチラリと視線を向けた。

「アタシのものにしてやろうと思ったが、人の旦那を奪うわけにはいかないか」

「ん？　私たちは夫婦なんかじゃ……」

「で、弟子っこ、薬草は摘《つ》み終わったんだろ？　だったらさっさとタズィーマ村に戻ろうぜ」

　ハルバートがブレンダからの妙な圧を察知して、長居は無用と下山を促す。幸いなことに、ブレンダを恐れて隠れているのか、それから山を降りるまで一度も動物と遭遇しなかった。

「おら、ガイド料三千イェーン払いな」

「そんなに安いんですか⁉」

　ジョージのときに比べて、良心的な価格設定にティアは驚きながら支払う。ブレンダに食事をしていかないかと誘われたが、丁重に断ってタズィーマ村の薬屋に帰ってきた。

「無事に帰ってこられたんですね、よかった！」

　薬屋の店主はふたりの姿を見てほっとしたようで、安堵《あんど》の笑みを浮かべる。

「とっても強いガイドさんが守ってくれました……」

　ティアは笑って答える。

　何はともあれ、必要な薬草は調達できたので薬作りを始められる。

　まずは薬草をよく煮込み、すりこぎでドロドロになるまですり潰す。その作業はハルバートに任せて、ティアは雑貨店で買った蜜蝋《みつろう》を湯せんで溶かしていく。

「こんな感じでいいか？」

「バッチリです。そしたら、薄い布でぎゅって汁を搾ってください」

「分かった」

蜜蝋《みつろう》もちょうど溶けたので、そこに薬液と植物油を少しずつ加えて掻き混ぜる。そしてしばらく冷まし、容器に移し替えて完成だ。

「おふたりともありがとうございます！　大変助かりました」

そう言って店主は何度も頭を下げる。

「いえ、大《たい》したことじゃないです。じゃあ、そろそろ帰りますね」

「はい。では、お気をつけてお帰りください」

店主に見送られながら、タズィーマ村をあとにする。

「ハルバートさん、せっかくだからお買い物していきません？」

「そうだな、行ってみるか」

というわけで、近くの町に立ち寄ってみることに。常に賑わっている港町とは違い、穏やかな雰囲気の町並みだ。服飾店のショーウィンドウには様々な服が飾られている。

「この町って服屋さんがいっぱいあるんですよね。……あっ、あれなんてハルバートさんに似合うんじゃないですか？」

「俺にはちょっと上品すぎるんじゃねぇか？」

ティアが金糸の刺繍《ししゅう》が入った白い上着を指差すが、ハルバートは微妙な反応を見せる。

「じゃあ、隣に飾ってある服はどうですか？　ちょっとワイルド系だからぴったりかも！」

「俺の服じゃなくて、自分のを選べよ。こっちのなんてどうだ？」

ハルバートが見つけたのは、オレンジ色のワンピースだった。白いフリルレースが可愛らしいデザインに、ティアはうーんと少し悩む。

「……却下！　こんなにお洒落《しやれ》なのを着て、薬とかお菓子なんて作れませんし」

「そ、そうか……」

「それにこんな高そうな服を買うなら、お菓子の材料を買いますよ！　この辺りにいいお店があるんです」

ティアがそう言いながらハルバートを連れてやってきたのは、赤煉瓦《れんが》の小さな店だった。ここではお菓子やパンの材料だけではなく、キッチンの道具なども販売されていて、女性客が多く訪れていた。

「まずはこれとこれを買って、それからあっちにあるのも……」

ティアが品物を買い物かごに次々と入れていく。

「かごなら俺が持ってやるよ」

「ありがとうございます！　そうだ、今日一日付き合ってくれたお礼にハルバートさんにお菓子を作ってあげたいんですけど、何か食べたいものとかありますか？　なんでも作りますよ！」

ハルバートは顎に手を当てて暫し考え込む。

「……うーん。あ！　だったら、弟子っこがいつも作ってるオレンジピール入りのマフィンが食いてぇな。ほろ苦くて好きなんだよ」

「えっ？　あんなのでいいんですか？」

「あんなのがいいんだよ」

ハルバートが笑って答えると、ティアは目をぱちくりさせたあと、嬉しそうに頷いた。

そのあともしばらく店内を物色し、手早く会計を済ませると、購入したものを空《から》っぽのリュックサックに詰め込む。そして店を出たと同時に、ふたりのお腹がぐぅぅと大きく鳴った。

「そういや、もうこんな時間か……」

ハルバートは鮮やかなオレンジ色に染まった空を見上げながら目を細めた。

「ついでに晩飯も食っていくか」

「さんせーい！」

ハルバートの提案にティアは大きく頷《うなず》いた。

夕暮れの町を歩いていると、一軒のレストランを見つけた。窓から店内を覗いてみると家族連れの客が多く、美味しそうに食事をしている。

ふたりは引き寄せられるように店に入ると、ウエイトレスがいらっしゃいませと笑顔で出迎えてくれた。

「ハルバートさんは何を食べます？」

「腹が減ってるし、がっつり食いてぇな……」

「私はこの豚肉のプレゼっていうのにします！　ここのおススメだって書いてありますし」

ティアがメニュー表を指差しながら言う。プレゼとはオーブンの中で、じっくりと蒸し煮にしていく料理だ。ハルバートも同じものを注文することにした。

すっきりとした白葡萄《しろぶどう》のジュースを飲んで、待つこと十数分。ウエイトレスが料理を運んできた。

煮込まれた豚肉や野菜が深皿に盛りつけられている。

「いいにおいですね……」

茶色く染まった肉をナイフで切り分けて口に運ぶと、ティアは大きく目を見開いた。

「んー！　お肉がすっごく柔らかくて、脂の部分もトロットロ！」

「野菜も肉の旨味が染み込んでて美味いな！」

肉汁と野菜のエキスが溶け込んだソースが、肉の美味しさを一層引き立てている。ふたりとも黙々と食べ進めていき、あっという間に平らげてしまった。

「もうなくなっちゃった……」

「そんなにがっかりするなって。また食いに来ればいいだろ？」

空になった皿を見てしょんぼりとするティアに、ハルバートが慰める。そのときガシャーンと何かが割れる音がした。

「こんなマズいワインが飲めるか！　店長を呼んできやがれ！」

「料理の味も最悪だぜ！」

「代金なんざ絶対に払わねぇからな！」

奥のテーブルに視線を向ければ、数人の男たちが顔を真っ赤にして騒いでいる。料理やワインを酷評しているが、テーブルの上には食べ終わった皿とワイン瓶が散乱している。

「あいつら、散々飲み食いしておいて代金を踏み倒そうとしてますよ！」

「とんでもねぇ連中だな……待てよ。あいつらどこかで……」

「そういえば……って、あーっ！」

昼間、リゾット店でウエイトレスに絡んでいた輩《やから》どもだ。指差しながら大声を上げるティアに気づき、男たちもぎょっと目を見開く。

「な、なんでテメェらがこんなところにいやがる⁉ 親分、昼間話してた奴らってこいつらですよ！」

男のひとりがそう叫ぶと、でっぷりと腹の出た男がゆっくりと立ち上がった。凶悪そうな顔つきで、ハルバートを睨《にら》みつけてくる。

「俺様の子分をずいぶんと可愛がってくれたそうだな。この落とし前は高くつくぜ」

「はぁ？ 俺は何もしちゃいねぇぜ。睨《にら》みつけたら逃げただけじゃねぇか」

「御託はいらねぇ。さっさと腰のモンを抜きな！」

「……しかたねぇな」

親分がテーブルに立てかけていた鞘《さや》から大ぶりの剣を引き抜くと、ハルバートは溜め息をつきながら席を立った。

「あ、危ないですよ、ハルバートさん！」

「そんなこと言ったって、向こうはやる気満々だぜ。すぐに終わるから心配すんなよ」

ティアの頭をぽんと叩いて、ハルバートが男たちのテーブルへ近づいて行く。張り詰めた空気の中、親分はふんっと鼻を鳴らした。

「どんな奴かと思えば、俺様よりも全然弱そうじゃねぇか。たっぷりと痛めつけて……」

「誰が誰を痛めつけるって？」

ハルバートは素早く親分の懐《ふところ》に入り込むと、手刀を彼の手に振り下ろし剣を叩き落とした。そして短く悲鳴を上げる親分の胸倉を軽々と掴み上げる。

「や、やめろっ、放せ！」

「おーい、弟子っこ。行くぞ」

「ラジャー！」

ティアが店のドアを大きく開けると、ハルバートは親分を放り投げた。

「お、おやぶーんっ！」

血相を変えた男たちが店から飛び出して、丸太のように地面に横たわる親分へ駆け寄っていく。

「しっかりしてくだせぇ、親分！」

「うぅ……つ、つえぇ」

親分はそう言い残すと、白目を剥いてガクッと気を失ってしまった。

「くそぅ、ここは一旦引くぞ！」

「ちくしょう、覚えてやがれ！」

男たちが親分を重そうに抱えて逃げていく。外に出てその様子を眺めるハルバートに、隣にいたティアがにっこりと笑いかける。

「かっこよかったですよ、ハルバートさん」

「弟子っこもナイスアシストだったぜ」

褒め合いながらハイタッチをして、店の中に戻る。すると、客たちの大きな拍手がふたりを出迎えた。

「やるじゃねぇか、兄ちゃん！」

「お姉さんも息ピッタリだったわね！」

「「は、はぁ……」」

賞賛の声に照れていると、このレストランの店長が現れてふたりに深々とお辞儀をした。

「彼らを追い払ってくださってありがとうございました。以前から無銭飲食をされて困っていたのです」

「あいつら常習犯だったのかよ。ほんとどうしようもねぇな……」

ハルバートはそう言って呆れた表情を浮かべる。

「助けていただいたお礼に、本日のお代はいただきません」

「えっ、いいんですか!?」

驚くティアに、店長が穏やかに笑いながら頷く。

「はい。あなた方ご夫婦への感謝の気持ちでございます」

ティアとハルバートは、その一言にピシッと固まった。

「あの……私たち、夫婦でも恋人でもないんです……」

「えっ⁉　も、申し訳ございません！　てっきりそのようなご関係かと……」

青ざめた顔で謝る店長に、ふたりはげんなりと溜め息をついたのだった。


町を出るころには辺りはすっかり暗くなり、夜空にはまん丸の月が浮かんでいる。ずいぶんと遅くなってしまったと、ティアとハルバートは急いでヘルバ村に戻ってきた。

「この辺りまで送ってくれたら、あとは私ひとりで大丈夫ですよ。ハルバートさんも早く帰ってください」

「そうか？　じゃあ、気をつけてな弟子っこ。今日は一日楽しかったぜ」

ハルバートが軽く手を振って、ヘルバ村をあとにする。ティアもその後ろ姿に向かって手を振り返すと、軽やかな足取りで薬屋へと向かった。

「レイフェルさん、ただいまっ！」

「おかえりティア！　なかなか帰ってこないから、ちょっと心配してたんだよ。ごはんはどこかで食べてきた？」

レイフェルがほっと安心した表情でティアを出迎える。

「はい、ハルバートさんと一緒に食べてきました。とっても美味しかったんで、今度レイフェルさんも一緒に行きましょうよ！」

「あれ？　ハルバートさんもついて行ったの？」

きょとんと目を丸くするレイフェルに、今日起こった出来事を語った。最初は楽しそうに聞いていたレイフェルだが、次第に怪訝そうに首をかしげ始める。

「なんだか色んなところでトラブルに巻き込まれてない……？」

「でも、そのたびにハルバートさんが助けてくれたんです！　とってもかっこよくて……」

ティアは目を輝かせて話していたが、突然眉を寄せて黙ってしまう。

「ティア、どうしたの？」

「それが聞いてくださいよ、レイフェルさん。私たち行く先々で夫婦だって勘違いされたんです。おかしくありませんか？」

「そんなことないと思うけど。だってデートしてたんだから、そう見えるでしょ」

「わ、私とハルバートさんが⁉　そんなんじゃありませんよ！」

ティアは首を大きく横に振って否定した。顔がじわじわと熱くなっていくのが自分でも分かる。

「でも一緒にごはんを食べて、買い物したんだよね？　それってデートだと思うんだけどなー」

「違いますよ！　もー笑わないでください、レイフェルさんっ！」

相談したつもりが逆にからかわれてしまい、ティアはぷいっと顔を背けた。

一方そのころ。蛇の集いに戻ったハルバートは、アレックスの部屋の前で立ち尽くしていた。言い争いをして出て行ったことを、なんと言って謝ればいいのだろうか。しばらく考え込んでから、意を決してドアを開ける。

「アル！　昼間は俺が悪かっ――」

「ん？　おかえりなさい、ハルバート様。どこかへお出かけしていたのですか？」

ちょうど休憩していたのか、アレックスはマグカップ片手にクッキーを食べていた。昼間の件は忘れているのか、もしくは気にしていないようだ。

ドアの前で悩んでいたことを馬鹿馬鹿しく思いながら、ハルバートはソファーに腰を下ろした。

「弟子っこの仕事について行ってたんだよ。そのついでに飯を食って、買い物してたらこんな時間になっちまった」

「……本当に仕事だったのですか？　傍から見たらそれは……いえ、なんでもありません。ハルバート様もいかがですか？」

アレックスはなぜか途中で言葉を切り、クッキーが入ったかごを差し出した。それを摘《つま》まんで食べてみると、小麦の香ばしさと素朴な甘みが口の中に広がる。

途端、ティアの笑った顔が思い浮かんだ。

「なあ、アル。お前って嬢ちゃんと一緒にいるとき、どんな気分なんだ？」

「そうですね……ありきたりな言葉になってしまいますが、とても楽しくて幸せだなぁと思います」

「……やっぱりそういうもんなのか」

「ハルバート様、あなたもしかして……」

期待の眼差しを向けてくるアレックスに、ハルバートはなんでもねぇよと素っ気なく返してクッキーを手に取った。

それから数日後。レイフェルは自室のドアを叩きながら、中に立てこもっている弟子に呼びかけていた。

「こないだはからかってごめんね、ティア。だから早く出てきてよー！」

「嫌ですー！　レイフェルさんひとりで行ってきてください！」

先日のお礼でハルバートにマフィンを作ったものの、届けに行くのは嫌だと言い張っているのだ。

「でも、ティアが持って行ったらハルバートさんもきっと喜ぶと思うよ。渡したらすぐに帰ってくればいいんだから」

「むぅ……じゃあ、レイフェルさんもついてきてくれますか？」

「もちろん。一緒に行こう！」

根気強く説得を続けること約一時間、ティアが拗ねた表情でようやく部屋から出てきた。気が変わらないうちにと、紙袋に詰めたマフィンを持たせて出発する。すると、近ごろティアに婚活を勧めていた奥さんが話しかけてきた。

「おはようふたりとも。ねえ、クラリスちゃんを見かけなかった？　どの子がいいのか、選んでほしいんだけど……」

そう言いながらバッグから取り出したのは、凛々しい顔の猫たちが写っている数枚の写真。奥さん曰《いわ》く、近々ペット限定のお見合いパーティーが開かれるらしく、それに参加するオス猫たちだという。今度はクラリスに目をつけたらしく、ターゲットからどうにか外れたティアは大いに喜んでいた。

その後、蛇の集いに辿り着きアレックスの部屋に向かっていると、薬師たちの会話が耳に入ってきた。

「またハルバート様に見合い話が舞い込んできたって」

「今度はアスクラン王国の公爵令嬢らしい。教養もあってすごい美人らしいから、ハルバート様も今回は乗り気だって話だ」

見合い話。レイフェルがティアを横目でそっと見ると、魂が抜け切ったような顔をしていた。

「ティ、ティア。大丈夫……？」

「ハルバートさん、いいお相手が見つかりそうなんですね。ヨカッタデスネー、アハハ」

口角は上がっているが、目が笑っていない。レイフェルも無責任なことを言うわけにいかず、無言のままアレックスの部屋を訪れる。

「いらっしゃいませ。今、お茶をご用意いたしますね」

「あ、ありがとうございます。ところでハルバートさんはいないんですか？」

「ああ……ハルバート様は、二日前からアスクラン王国に戻っております」

その答えを聞いて、レイフェルに緊張が走る。

「そ、それってまさかお見合いのためですか？　……さっき薬師さんたちが話してるのを、たまたま聞いちゃって」

「……実はそうなのです。いつもならすぐに断りの手紙を書いているのですが、なぜか今回は直接会いに行かれたのです」

アレックスの言葉に倒れそうになるティアを、レイフェルが支える。室内に重苦しい空気が流れるなか、ノックもなしに突然ドアが開いた。

「帰ってきたぜ、アル。……って嬢ちゃんと弟子っこも来てたのか。ん？　そんな暗い顔をしてどうしたんだ？」

怪訝そうに首をかしげるハルバートに、レイフェルとアレックスは顔を見合わせた。そして、虚ろな目をしていたティアは心の動揺を取り繕うように、突然陽気に振る舞い始めた。

「それより、お見合いのこと聞きましたよ。結婚式には呼んでくださいね！」

「ん？　縁談の話なら断ってきたぜ」

ハルバートがさらっと告げると、三人は「えっ」と声を上げた。

「俺のタイプじゃなかったんだよ。そんで、姉上にも会って話をつけてきた。結婚する相手は自分で選ぶってな」

そう告げるハルバートの表情は、どこか晴れやかだ。

「……よかったね、ティア」

「わ、私には関係ないですし……」

レイフェルが小声で話しかけると、ティアはつんと唇を尖らせた。

「ところで、ティア様が抱えている紙袋はなんですか？」

「えっとですね。これは、その……」

アレックスの問いに口ごもっていると、レイフェルに背中をぐいぐいと押される。ティアがええいと覚悟を決めて、紙袋をハルバートに突き出す。

「ハルバートさん、この前言ってたマフィンですっ！」

「おっ、もう作ってくれたのか。ありがとな」

「オレンジピールもたっぷり入れましたから！」

「どれどれ……うん、やっぱりこの味だ、この味。見合い相手の家で出された焼き菓子より、こっちのほうが美味い！」

早速ハルバートは紙袋からひとつ取り出して、大きな口で頬張《ほおば》ると満足げに微笑んだ。その笑顔を見た途端、ティアの頬《ほほ》が林檎《りんご》のように赤く色づき始める。

「こ、これはただのお礼ですからね！　特に深い意味はありませんし、そこのところ勘違いしないでくださいね！」

「おい、急にどうしたんだよ。勘違いって――」

「それじゃあ、失礼します！」

ハルバートの言葉を遮ると、ティアは大きくお辞儀をして部屋を飛び出して行った。

「ちょ、ちょっと、ティア⁉」

レイフェルも慌ててそのあとを追いかけて行き、男ふたりがぽつんと取り残される。

「アル……ひょっとすると、俺はフラれちまったのか……？」

「さぁ、どうでしょうかね」

アレックスは曖昧に答えながらも、楽しそうに笑った。

ティアとハルバートの想いが通じ合うのは、まだまだ先の話になりそうだ。

新＊感＊覚　ファンタジー！

レジーナブックス Regina

レジーナブックス Regina

〝過保護〟はご遠慮下さい！

ほっといて下さい 1〜6
従魔とチートライフ楽しみたい！

三園七詩《みそのななし》
イラスト：あめや

目が覚めると、見知らぬ森にいたミヅキ。事故で命を落としたはずだが、どうやら転生したらしい……それも幼女に。困り果てるミヅキだけれど、無自覚チート発揮で異世界ライフは順調に進行中。伝説級の魔獣フェンリル、敏腕Ａ級冒険者、策士な副ギルドマスターに、寡黙な忍者と次々に味方……もとい信奉者を増やしていき——愛され幼女のWEB発大人気ファンタジー！

詳しくは公式サイトにてご確認ください。
https://www.regina-books.com/

携帯サイトはこちらから！

シリーズ累計（電子含む）
116万部
突破!!
RC
Regina COMICS
詐騎士
1~12
SAGISHI
Presented by Kaitoko
Comic by Natsumi Asa
大好評
発売中!!
原作 かいとーこ
漫画 麻 菜摘
アルファポリスWebサイトにて
好評連載中!
新感覚ファンタジー！
ある王国の新人騎士の中に、一人風変わりな少年がいた。傀儡術《かいらいじゅつ》という特殊な魔術で自らの身体を操り、女の子と間違えられがちな友人を常にフォローしている。しかし実は、その少年こそが女の子だった！　性別も、年齢も、身分も、余命すらも詐称。飄々《ひょうひょう》と空を飛び、仲間たちを振り回す――。そんな詐騎士《さぎし》ルゼの偽りだらけの騎士生活！
B6判／各定価：748円（10%税込）
アルファポリス 漫画
検索

Regina COMICS
悪役令嬢
だそうですが、
攻略対象その5以外は
興味ありません
1~2
原作：千遊雲
漫画：タロコ

この作品に対する皆様のご意見・ご感想をお待ちしております。

おハガキ・お手紙は以下の宛先にお送りください。

【宛先】

〒 150-6008 東京都渋谷区恵比寿 4-20-3 恵比寿ｶﾞｰﾃﾞﾝﾌﾟﾚｲｽﾀﾜｰ 8F
（株）アルファポリス　書籍感想係

メールフォームでのご意見・ご感想は右のＱＲコードから、
あるいは以下のワードで検索をかけてください。

アルファポリス　書籍の感想　検索

ご感想はこちらから

本書は、「アルファポリス」（https://www.alphapolis.co.jp/）に掲載されていたものを
改稿、加筆のうえ、書籍化したものです。

私《わたし》を追《お》い出《だ》すのはいいですけど、
この家《いえ》の薬《くすり》作《つく》ったの全部《ぜんぶ》私《わたし》ですよ？３

火野村志紀（ひのむら しき）

2023年　3月　5日初版発行

編集－境田 陽・森 順子
編集長－倉持真理
発行者－梶本雄介
発行所－株式会社アルファポリス
〒150-6008 東京都渋谷区恵比寿4-20-3 恵比寿ｶﾞｰﾃﾞﾝﾌﾟﾚｲｽﾀﾜｰ8F
TEL 03-6277-1601（営業）03-6277-1602（編集）
URL https://www.alphapolis.co.jp/
発売元－株式会社星雲社（共同出版社・流通責任出版社）
〒112-0005 東京都文京区水道1-3-30
TEL 03-3868-3275
装丁・本文イラスト－とぐろなす
装丁デザイン－AFTERGLOW
（レーベルフォーマットデザイン―ansyyqdesign）
印刷－図書印刷株式会社

価格はカバーに表示されてあります。

落丁乱丁の場合はアルファポリスまでご連絡ください。

送料は小社負担でお取り替えします。


ISBN978-4-434-31673-9 C0093